# EINE VERSANDBRAUT FÜR DEN VIEHZÜCHTER

Versandbräute für Sweet, Texas, Buch Drei

# ELIZABETH CHASEN

*Eine Versandbraut für den Viehzüchter*

Copyright © 2017 Elizabeth Chasen

ALLE RECHTE VORBEHALTEN

# Eine Versandbraut für den Viehzüchter
## Versandbräute für Sweet, Texas, Buch Drei

Versandbräute für Sweet, Texas erzählt historisch inspirierte romantische Geschichten, die Ihr Herz erwärmen werden.

Der große Kuppler des Westens schlägt erneut zu… Big John Wiggins, ein Riese von einem Mann und Witwer, der selbst die Freuden einer glücklichen Ehe genossen hat. Er ist zu dem Schluss gekommen, dass die Männer seiner Stadt dringend Ehefrauen und Glück gebrauchen können. Auch wenn das bedeutet, dass er sich persönlich darum kümmern muss, dass die Frauen nach Sweet kommen.

Der Viehzüchter Sam McKay findet heraus, dass die nächste Versandbraut, die der mysteriöse Kuppler von Sweet, Texas angeschrieben hat, für ihn bestimmt ist. Doch Sam hat nicht vor zu heiraten, bis er bemerkt, dass ihm eine Zweckehe sehr gelegen kommt.

Megan Scott braucht rasch einen Ehemann und den Schutz, den dieser ihr bieten kann. Daher entschließt sie sich, die Versandbraut eines Viehzüchters zu werden, der sie eigentlich nicht heiraten will, aber zustimmt, eine Vernunftehe einzugehen. Das geschieht, bevor sie herausfindet, dass sie sich in ihren Bräutigam verlieben könnte. Doch wird Sam jemals dasselbe fühlen?

# KAPITEL EINS

Sam McKay war es leid, seine Backwaren in der erst vor kurzem eröffneten Bäckerei der Stadt einzukaufen. Trotzdem war er den drei Damen, die sie betrieben, äußerst dankbar. Ihr köstliches Gebäck und die leckeren Kuchen halfen ihm, seinen Hunger nach Süßem zu stillen, denn er selbst hatte keine Frau, die für ihn buk und er verspürte auch nicht den Wunsch, sich eine zuzulegen. Zumindest hatte er bisher keinen Wunsch nach einer Frau verspürt. Doch in letzter Zeit war er häufig rastlos und unzufrieden. Er hatte begonnen, sich nach mehr zu sehnen…

Mehr Gemütlichkeit in seinem Haus.

Mehr Gebäck. Er sehnte sich nach dem Duft von warmem Brot im Ofen und frischem Apfelkuchen, der auf der Theke abkühlte. Erst vor Kurzem hatte er von einer verführerisch duftenden Frau geträumt, die ihn erwartet hatte, als er vom Feld heimgekehrt war. Etwas Teig hatte an ihrer Wange gehaftet, den er fortgeküsst hatte, nachdem er das Haus betreten hatte.

Dieser Gedanke hatte ihn des Nachts heimtückisch überfallen wie ein Bandit und er hatte entschieden versucht, ihn wieder loszuwerden.

Doch das war ihm bis heute nicht gelungen. Der Gedanke hatte sich in seinem Kopf festgesetzt wie ein Cowboy, der entschlossen war, sich nicht von seinem ungestümen Pferd werfen zu lassen.

Es musste doch mehr im Leben geben als von Sonnenaufgang bis Sonnenuntergang zu arbeiten. Er wusste, dass das so war, denn er hatte es bei anderen gesehen. So hatten zum Beispiel der Pfarrer und der Sheriff, die beide kurz nacheinander geheiratet hatten, ein Strahlen in den Augen, um das er sie beneidete. Ihrer beider Zufriedenheit, die so offensichtlich war, befeuerte noch die neue Unzufriedenheit, die er verspürte.

Er sehnte sich nach mehr Freude in seinem Leben.

Doch das war ein Hirngespinst. Er begann zu arbeiten, wenn es hell wurde und hörte erst damit auf, wenn es wieder dunkel wurde und es kam ihm äußerst ungerecht vor, eine Frau hierherzubringen und sie dann den ganzen Tag über allein zu lassen, während er arbeitete.

Er und sein jüngerer Bruder Gil bewirtschafteten die Familienranch allein, seit ihre Eltern vor ein paar Jahren von einem schlimmen Fieber dahingerafft worden waren. Er wusste aus erster Hand, dass das Leben im Westen gnadenlos und mühsam war.

Nach dem Tod seiner Eltern hatte er sich in die Arbeit gestürzt, um die Ranch weiterzuführen, so wie es ihr Traum gewesen war. Es war einsam hier draußen. Die Fahrt in die Stadt beanspruchte etwa vier Stunden; daher fuhr er nur dorthin, wenn es unbedingt nötig war, da ansonsten zu viel Arbeit liegen blieb. Doch in dieser Woche würde er in die Stadt fahren müssen.

Er stand am Zaun, wischte sich den Schweiß von der Stirn und ließ seinen Blick über das offene Weideland schweifen, als er Chauncey Todd erblickte. Der alte Minenarbeiter, der ein kleines Lager auf dem Gelände von Sams Ranch unterhielt, näherte sich ihm auf seinem Maultier Tidbit.

„Einen wunderschönen guten Morgen wünsche ich dir, Sam" rief Chauncey, spuckte einen Schwall Tabak auf den Boden und grinste breit.

Sam musterte den Mann mit der untypisch guten Laune eingehend. „Was hat dir denn dieses Lächeln aufs Gesicht gezaubert? Bist du auf Gold gestoßen?"

Der alte Mann grinste immer noch, als er sein Maultier neben Sam zum Stehen brachte. „Nein, Big John Wiggins aus dem Futtermittelladen hat mir eine Nachricht für dich mitgegeben. Er hat mich in der Stadt gesehen und mich gebeten, sie für dich mitzunehmen. Es geht um die Postkutsche, die morgen ankommt." Er kratzte seinen zotteligen Bart. „Sieht aus, als wäre es wichtig."

„Hast du etwas bestellt?", fragte Gil aufgeregt.

„Nein." Sam runzelte die Stirn. „Ich habe nichts

mit der Postkutsche am Hut."

Big Johns Futtermittelladen war der offizielle Halt der Postkutsche in der Stadt. Immer wenn Nachrichten weitergeleitet werden mussten, die die Passagiere der Postkutsche betrafen, dann schickte man diese per Telegramm an Big John, der sich darum kümmerte, sie auszuhändigen. Doch Sam hatte nichts mit der Kutsche zu tun.

Erneut spuckte Chauncey Tabak auf die Erde. „Ich überbringe nur den Umschlag mit der Nachricht darin."

„Na los, lies sie schon", drängte Gil.

Sam nahm den Umschlag und starrte ihn an, dann drehte er ihn um und betrachtete die Rückseite.

„Nun, jetzt starr ihn nicht nur an." Gil kam näher.

Er warf seinem kleinen Bruder einen Blick zu, dann öffnete er den Umschlag und zog ein Blatt Papier heraus.

*Sam McKay, Ihre Versandbraut, Miss Megan Scott, wird morgen mit der Postkutsche eintreffen und benötigt Ihre Abholung.*

Sam sah erst den Brief und dann Chauncey

ungläubig an. „*Wer* hat dir das gegeben?"

„Big John. Er sagte, es sei dringend. Er hat gesagt, er habe die Nachricht unter die Tür geklemmt gefunden, als er heute Morgen seinen Laden aufgeschlossen hat. Er meinte, er würde sie weiterleiten, damit die arme Frau nicht mutterseelenallein vor seinem Laden stehen würde. Sagte, es sei dringend. Was steht denn da geschrieben, dass du auf einmal so grün im Gesicht bist?"

„Da steht, dass *meine* Versandbraut morgen ankommt."

Gil fiel die Kinnlade herab. „Du hast dir eine *Versandbraut* bestellt?"

„Wir haben uns schon gefragt, wer wohl die nächste bekommen würde." Chaunceys Grinsen wurde breiter. „Wirst du sie abholen?"

Sams Augen verengten sich und er starrte seinen Bruder und Chauncey an. „Ich habe keine Versandbraut bestellt. Es muss sich um einen Scherz handeln."

„Ich wette, es ist keiner. Sowohl der Sheriff als auch der Pfarrer haben eine Versandbraut erhalten obwohl auch sie keine bestellt hatten. Doch sie sind beide glücklich, ganz ohne Zweifel. Und das bin ich auch. Darüber, dass es nun diese fantastische Bäckerei gibt, die die Frau des Pfarrers gemeinsam mit Ambrosia Mulberry und Essie Jane Tate eröffnet hat. Ich habe eine ganze Tüte voller Leckereien gleich hier in meiner Satteltasche. Es sieht so aus, als ob morgen dein Glückstag wäre."

Während Chaunceys umständlicher Erklärung nickte Gil ein ums andere Mal wie ein Ast, der von einem Sturm erfasst worden. „Das stimmt und das weißt du, Sam."

Wütend zog er seine Augenbrauen zusammen. „Das ist einfach nicht richtig. Wer lockt diese Frauen hierher? Ich werde in die Stadt fahren und wenn diese arme Frau wirklich mit der Postkutsche kommt, dann werde ich sie direkt wieder nach Hause schicken. Es ist grausam, die Frauen so hinters Licht zu führen."

Chauncey sah ihn verwirrt an. „Die Ehefrauen des Pfarrers und des Sheriffs haben es wohl nicht als grausam empfunden. Und sie sehen wirklich glücklich aus. Lächeln immerzu. Und die kleine Tochter des

Sheriffs ist überglücklich, jetzt wo sie eine Mama hat. Und wie ich schon sagte, du und ich und alle Männer in der Stadt sind dankbar für die Bäckerei. Also, mir kommt daran gar nichts grausam vor."

„Ich stimme Chauncey zu. Denk doch mal darüber nach, Sam. Wir könnten abends ordentliche Mahlzeiten bekommen. Wir müssten nicht ständig Bohnen essen."

Das klang in der Tat verlockend. Sam holte langsam Luft und versuchte, sich zu beruhigen. Tatsächlich mochte auch er die Bäckerei, so wie Gil gesagt hatte, doch diese Tatsache reichte nicht einmal annähernd aus, um seinen gesunden Menschenverstand von diesem lächerlichen Brief außer Kraft setzen zu lassen. Sie kamen nicht oft in den Genuss von Leckereien, daher war die Bäckerei wie ein Geschenk des Himmels und sie besuchten sie, wann immer sie in der Stadt waren. Doch das änderte nichts an der Tatsache, dass eine arme Frau würde herausfinden müssen, dass es keinen Bräutigam gab, der auf sie wartete.

Er dachte darüber nach und dabei wurde ihm noch

etwas klar. Er knurrte frustriert und starrte den Brief an, während seine Gedanken umherwirbelten. „Ich kann nicht zulassen, dass sie aus dieser Postkutsche steigt und denkt, sie wird mich treffen und dann ist da niemand, der sie in Empfang nimmt. Nicht nachdem sie von jemandem, der sich für mich ausgegeben hat, hierhergelockt wurde." Er biss die Zähne zusammen und seufzte. „Ich denke, ich werde in die Stadt fahren und sie treffen müssen. Und dann werde ich ihr die Wahrheit sagen."

Chauncey verschränkte die Arme vor der Brust und spuckte einen weiteren Schwall Tabak aus. „Ich glaube, morgen ist ein guter Tag, um in die Stadt zu fahren. Ich denke, ich werde nur den Wagen beladen und dann fahre ich wieder zurück und schaue mir an, wie du deine Braut in Empfang nimmst. Bist du dir sicher, dass du sie wieder zurückschicken willst? Du scheinst mir hier draußen recht einsam zu sein."

„Ja, ich werde sie zurückschicken. Und es geht mir gut. Du lebst auch hier draußen und dir fehlt es an nichts."

Chauncey sah ihn ungerührt an. „Ich bin ein alter

Knacker. Aber du bist ein junger Mann und brauchst eine Frau. Wahrscheinlich hat sich das der Kuppler in Sweet auch so gedacht. Ich habe die ganze Situation beobachtet und es kommt mir so vor, als würde derjenige, der sich als euch Männer ausgibt und diese hübschen Damen hierherlockt, das alles nicht achtlos tun. Wie mir scheint, wurdet ihr sorgfältig ausgewählt."

In Bezug auf den Sheriff und den Pfarrer hätte Sam dem vielleicht zugestimmt, aber warum er? „Mir ist egal, was derjenige denkt. Ich kann selbst eine Frau finden, wenn ich dazu bereit bin", grunzte er.

„Wenn das so ist, wo ist sie dann?", fragte Gil herausfordernd.

Chauncey kratzte sich am Schnurrbart. „Ja, wo willst du die denn finden? In unserer kleinen Stadt gibt es keine jungen Frauen. In Sweet leben Cowboys und Bauern und wenn du nicht zufällig über Erkenntnisse verfügst, von denen ich keine Ahnung habe, dann ist mir nicht klar, wo du diese Braut finden willst. An deiner Stelle hätte ich es nicht so eilig damit, sie wieder fortzuschicken."

„Er hat recht. Das könnte deine letzte Chance sein, Sam."

„Vielleicht hat dein Bruder recht." Chauncey grinste, dann wendete er Tidbit ohne ein weiteres Wort und ritt fröhlich pfeifend die Straße hinunter.

Er sah zu, wie sich der alte Mann entfernte und warf Gil einen verärgerten Blick zu. „Hast du nichts zu tun?"

Gil schnaufte genervt. „Lass sie dir nicht durch die Finger gehen. Bedenke, auch ich würde davon profitieren."

„Lass mich in Ruhe und mach dich lieber wieder an die Arbeit. Ich werde nicht zulassen, dass sich dieser Kuppler in mein Leben einmischt."

„Gut." Gil wirbelte herum und stapfte verstimmt davon.

Sam las den Brief noch einmal.

*Wie war es dazu gekommen? Wer war der Meinung, dass er eine Frau brauchte?* Tatsächlich hatte er bereits über dieses Thema nachgedacht, den Gedanken dann aber verworfen. Es wollte ihm nicht in den Kopf, dass es sich jemand zur Aufgabe gemacht zu haben schien, nach einer Frau für ihn zu schicken.

Er war nicht auf die Wohltätigkeit anderer angewiesen und konnte seine eigenen Entscheidungen treffen. Er dachte an das, was Chauncey gesagt hatte. Er hatte recht, es war tatsächlich recht einsam hier draußen. Sein Bruder lebte am anderen Ende der Weide in einer kleinen Hütte und bewirtschaftete die Ranch mit ihm, Gesellschaft hatte er also.

Doch eine Ehefrau wäre etwas anderes. Der Gedanke wühlte ihn auf. *Eine Frau wäre nett.*

Aber er wollte keine Versandbraut, die jemand anderes für ihn ausgewählt hatte. Nein, das kam gar nicht in Frage. Er würde in die Stadt fahren und die bedauernswerte Frau dorthin zurückschicken, wo sie hergekommen war. Und wenn ihm keine andere Wahl bliebe als schlussendlich selbst nach einer Versandbraut zu schicken, dann würde er das tun. Doch dann würde *er* sich eine Frau aussuchen und diese Entscheidung nicht dem unbekannten Kuppler überlassen.

Wer war das überhaupt? Es hatte Gerüchte gegeben, die Damen des Kirchenkreises wären womöglich dafür verantwortlich. Bis jetzt hatte er sich nicht wirklich dafür interessiert, aber bis jetzt war er auch nicht das Ziel der Aufmerksamkeit gewesen.

Als er nachts erschöpft im Bett lag, weil er an diesem Tag einen Zaun gebaut und einen Graben ausgehoben hatte, da dachte er an die Frau, die er am nächsten Morgen kennenlernen würde.

Diese Frau, die die beschwerliche Reise durch Texas auf sich genommen hatte, um einen Fremden zu heiraten.

*Er würde sie zurückschicken.* Der Gedanke ließ ihn nicht los.

# KAPITEL ZWEI

Als Megan Scott aus der Postkutsche stieg, fühlte sie sich, als hätte sie ganz Texas in einer offenen Kutsche durchquert, während um sie herum ein Sandsturm wütete. Die Postkutsche hatte nur spärlichen Schutz gegen den Sand und Dreck der texanischen Steppe geboten. Die Reise von St. Louis hierher war lang und beschwerlich gewesen. Auch das Schließen der Klappen während eines Sandsturms in der Prärie hatte nicht verhindern können, dass sie von Kopf bis Fuß mit Staub bedeckt war. Sie war ziemlich schmutzig und fühlte sich schrecklich bei dem

Gedanken, ihren zukünftigen Ehemann zu treffen, ohne vorher die Möglichkeit gehabt zu haben, ein Bad zu nehmen, um all den Schmutz loszuwerden, der an ihr haftete. Verlegen sah sie diesem Aufeinandertreffen entgegen.

Sie bemühte sich darum, ihre Sorgen beiseite zu schieben und betrachtete die Stadt im Vorbeifahren. Verglichen mit den Siedlungen, die sie auf der Reise hierher passiert hatten, sah diese Stadt gar nicht so schlecht aus. Häufig waren dies nur staubige Flecken mit ein oder zwei Gebäuden gewesen – wovon eines meist ein Saloon gewesen war. Sie hatte mehrfach darum gebetet, dass sie kein Betrunkener belästigen möge, wenn sie unterwegs die Postkutsche hatte verlassen müssen und sich stets beeilt, wieder zu ihr zurückzukehren. Mit Betrunkenen hatte sie es zuhause häufig genug zu tun gehabt. Ihre Gedanken wanderten zu ihrem Stiefvater und sie zuckte unwillkürlich zusammen. Es verblüffte Megan noch immer, dass ihre arme Mutter Esther den Mann, den sie geheiratet hatte, nie durchschaut hatte. Dies war ihr selbst noch an dem Abend gelungen, an dem ihre Mutter Glen Carter vor zwei Jahren das erste Mal mit nach Hause gebracht hatte. Ihr war deutlich bewusst gewesen, dass sie im Begriff war, einen riesigen Fehler zu machen.

Doch was hätte ihre Mutter auch anderes tun sollen, nachdem Megans liebevoller Vater bei einem Unfall in der Mühle gestorben war? Als sein Chef ihnen zu Hilfe gekommen war und ihre hübsche Mutter gebeten hatte, seine Frau zu werden, da hatte Esther geglaubt, sie könne auf diese Weise für ihre Tochter sorgen. Und so hatte sie ihn geheiratet, obwohl Megan sie mehrmals angefleht hatte, es nicht zu tun. Um die Gesundheit ihrer Mutter war es nicht allzu gut bestellt gewesen und sie war schon immer sehr anfällig gewesen und hatte sich Sorgen gemacht, was aus Megan werden würde. Sie schob diese Gedanken beiseite und konzentrierte sich wieder auf die Stadt.

Auf der anderen Straßenseite entdeckte sie „Sweets Gemischtwarenladen" und direkt daneben „Sweets Bäckerei". Es befanden sich noch weitere Geschäfte an dieser Straße, doch es war die Bäckerei, die ihre Aufmerksamkeit auf sich zog. Einige Männer standen davor herum und im Türrahmen standen auch ein paar Frauen. Sie alle beobachteten die Ankunft der Postkutsche. Megan fragte sich, ob sie jemanden erwarteten. Doch außer ihr befand sich niemand in ihrem Inneren.

„Miss, haben Sie mich gehört? Sie sind angekommen, dies ist Sweet, Texas."

Megan schrak aus ihren Gedanken, atmete tief ein und starrte den ruppigen, alten Fahrer der Postkutsche an. „Vielen Dank. Ich habe mich nur etwas umgesehen. Ist denn hier alles nach der Stadt benannt?"

Er sah sie unter seinen buschigen Augenbrauen hervor neugierig an. „Ein paar Geschäfte schon. Aber Sweets Bäckerei ist noch ganz neu. An Ihrer Stelle würde ich rasch hinübergehen und mir ein paar Kirschscones besorgen. Geht es Ihnen gut?"

„Ja, es geht mir gut. Vielen Dank, dass Sie mich hierhergebracht haben und mir dabei behilflich sind, meine Taschen abzuladen. Ich muss zugeben, dass ich nicht gerade traurig darüber bin, dass ich die Kutsche nun verlassen kann. Wenn ich mir vorstelle, dass Sie die ganze Zeit da oben auf diesem Ding sitzen. Es ist gar nicht auszudenken.“

Der alte Postkutschenfahrer lachte schroff. „Ich mache das schon lange und habe mich daran gewöhnt. Wie Sie sehen, hält dieser graue Bart den meisten Schmutz ab. Sie haben diesen Vorteil nicht.“

Als er nach oben kletterte, sah sie sich nach ihrem Bräutigam um. Erneut fragte sie sich besorgt, was für ein Mann er wohl war. Sie war achtzehn Jahre alt gewesen, als ihre Mutter gestorben war und sie in ein tiefes Loch gefallen war. Eine Zeit lang war sie gezwungen gewesen, allein mit ihrem Stiefvater zusammen zu wohnen. Da sie bereits befürchtet hatte, dass sich der Gesundheitszustand ihrer Mutter verschlechtern würde, hatte sie ihre Zukunft selbst in die Hand genommen. Aus Angst vor einer Zukunft allein mit ihrem Stiefvater hatte sie sich darum beworben, Versandbraut zu werden. So konnte sie zumindest selbst bestimmen, wen sie heiraten würde oder wem sie gestatten würde, sie zu berühren.

Ihre Sorgen waren berechtigt gewesen, denn kaum hatte man ihre Mutter bestattet, da hatte ihr Stiefvater sie in seine Pläne eingeweiht, sie mit seinem älteren

Geschäftspartner zu verheiraten. Glücklicherweise war ihr Zugticket nach Sweet und zu ihrem zukünftigen Ehemann eingetroffen, bevor er sie zu irgendetwas hatte zwingen können.

*Doch wo war er?*

Unglücklich und voller Trauer betete sie darum, dass der Mann, den sie heiraten wollte, wirklich so nett war, wie er in seinen Briefen geklungen hatte. Diese Hoffnung hatte sie dazu bewogen, das Schicksal, das ihr Stiefvater für sie vorgesehen hatte, nicht zu akzeptieren.

Doch am wichtigsten war ihr, dass er verantwortungsvoll und stark war, damit er ihr helfen konnte, falls ihr Stiefvater beschließen sollte, ihr zu folgen. Der Betreiber einer Ranch war sicher stark. Die Aufzucht von Tieren und die Bewirtschaftung von Land hatten bestimmt einen starken und verantwortungsbewussten Mann geformt. Und hoffentlich war er nett. Sie hoffte, dass er sie verteidigen würde, wenn er ihre Geschichte kannte. Sie bei sich behalten würde. Das hoffte sie. Darum betete sie.

Sie würde gern glauben, dass sie in der Lage war, für ihre eigene Sicherheit zu sorgen, doch sie hatte beschlossen, sich in diesem Punkt keinen Illusionen hinzugeben. Ihr war klar, dass sie Hilfe benötigen würde, sollte ihr Stiefvater versuchen, sie zur Rückkehr zu zwingen. Sie hoffte, dass er ihr vielleicht nicht nachreisen würde, hatte aber kein Risiko eingehen wollen und sich aus diesem Grund für Sam McKay entschieden.

Nicht weit von ihr entfernt erblickte sie einen alten Mann mit einem Maultier, das an einen Pfosten angebunden war. Er grinste sie an und spuckte einen Schwall Tabak zu Boden. Sie zuckte zusammen und war sich nicht sicher, ob sie zurücklächeln sollte oder nicht. Sie dachte noch über diese Frage nach, als ein riesiger Mann durch die Tür von „Wiggins Futtermittelladen" trat. Zumindest hieß der Laden nicht „Sweets Futtermittelladen".

„Miss. Willkommen in Sweet, Texas."

Sein Lächeln war so aufrichtig, dass sie sich auf der Stelle entspannte. Etwas an dem großen Mann, der bereits kahl wurde, beruhigte sie so sehr, dass sie unwillkürlich dachte, dass die Dinge ganz sicher in Ordnung kämen, wenn in dieser Grenzstadt jeder nur halb so nett wäre wie er.

„Vielen Dank."

„Ich bin Big John Wiggins, der Besitzer des Futtermittelladens. Sie sehen aus, als würden Sie nach jemandem Ausschau halten. Und das ist ganz sicher nicht Chauncey." Er runzelte die Stirn, als er den Tabak spuckenden Mann ansah, der erneut grinste, aber immer noch am selben Fleck stand, als würde er auf etwas warten.

Megan löste ihren Blick von dem merkwürdigen älteren Mann und lächelte Mr. Wiggins an. „Ich bin erfreut, Sie kennenzulernen. Mein Name ist Megan Scott und, nun ja..." Sie hielt inne, wollte nicht preisgeben, dass sie als Versandbraut gekommen war. „Ich warte auf meinen Verlobten", sagte sie stattdessen und fühlte sich etwas besser.

„Ich wusste es", rief Chauncey aus, schlug sich mit einer Hand aufs Bein und führte dort auf der Straße einen kleinen Freudentanz auf.

„Chauncey, warum gehst du nicht in die Bäckerei

und besorgst dir dort in meinem Namen einen Scone?"
Mr. Wiggins lächelte sie an. „Nun, wer ist denn der
Glückliche? Ich werde Ihnen sagen, ob ich ihn heute
bereits in der Stadt gesehen habe."

„Mr. Sam McKay." Sie atmete tief ein und hoffte,
dass seine Reaktion zu ihrer Beruhigung beitragen
würde. Und Gott sei Dank tat sie das tatsächlich.

Er lächelte und seine Augen funkelten. „Ah, das
ist gut. Sogar sehr gut, in der Tat. Sam kann sich
glücklich schätzen. Er ist ein guter Mann. Also können
auch Sie sich glücklich schätzen. Herzlichen
Glückwunsch. Wann werdet ihr heiraten?"

Einen Moment lang wusste sie nicht, was sie
darauf erwidern sollte, so erleichtert war sie über Mr.
Wiggins Worte. Sie fühlte sich wie nach einem
wohltuenden Gewitter an einem heißen Sommertag.
„Das weiß ich nicht genau. Diese Entscheidung werde
ich ihm überlassen."

„Er ist ein kluger Mann, ich bin mir sicher, er wird
Sie rasch heiraten wollen. Möchten Sie in meinem
Laden auf ihn warten?"

Sie sah sich um, besorgt, weil er sich zu verspäten

schien. „Danke, aber ich warte lieber hier. Ich bin mir sicher, er wird jeden Moment eintreffen."

„Ich wäre dann soweit, junges Fräulein", sagte der Postkutschenfahrer.

„Vielen Dank."

„Hören Sie mir zu. Ich habe bereits ein paar Versandbräute hier abgesetzt und es scheint ihnen sehr gut zu gehen. Doch das ist nicht immer der Fall. Wenn Sie feststellen sollten, dass Sie diesen Ort verlassen wollen, dann warten Sie einfach hier, wenn ich wieder vorbeikomme und ich werde Sie sicher und wohlbehütet überall hinbringen, wo Sie hinwollen. Sie werden vielleicht etwas staubig sein, aber ich bringe Sie an Ihr Ziel. Das verspreche ich."

Ihr Herz zog sich zusammen. „Oh, Ulis. Vielen Dank für Ihre freundlichen Wort, aber ich bin mir sicher, dass es mir hier gut gehen wird. Sie waren einfach wunderbar."

Er errötete. „Ich helfe immer gern und hoffe, dass dies der richtige Ort für Sie ist. Aber denken Sie an meine Worte."

Gerührt legte sie eine Hand auf seinen

staubbedeckten Arm und drückte ihn sanft. „Vielen Dank. Sie sind ein Segen."

Er hielt inne und sah etwas erstaunt aus, doch dann tätschelte er ihren Arm, grinste und sprang mit einer für sein Alter erstaunlichen Behändigkeit auf den Tritt der Kutsche. Nachdem er Platz genommen hatte, tippte er sich grüßend an den staubigen Hut und ließ die Pferde antraben. Außer ihr war niemand ein- oder ausgestiegen, doch sie wusste, dass er andere Passagiere abzuholen und Post auszuliefern hatte. Sie beobachtete, wie sich die Kutsche entfernte und ihr Herz zog sich zusammen. Sie betete darum, dass sie seine Hilfe nicht brauchen würde, doch die ihr entgegengebrachte Freundlichkeit beruhigte sie.

Eine Frau kam aus der Bäckerei geeilt und winkte der Kutsche hinterher. Sie kam zum Stehen, gerade als die Frau eine Schachtel schwenkte.

„Nehmen Sie noch ein paar Scones mit", sagte die ältere Dame und strahlte, als sie dem netten Fahrer der Kutsche die Schachtel reichte.

„Danke, Ma'am. Was für eine Freude! Ich habe mich nach Ihren Scones gesehnt, seit Sie mir eine solche Schachtel gegeben haben, als ich das letzte Mal hier war."

„Gut. Es freut uns, dass sie Ihnen geschmeckt haben. Empfehlen Sie unser Geschäft auch gern Ihren Fahrgästen. Wir bemühen uns darum, uns einen guten Ruf in der Region zu erarbeiten."

„Das tue ich gern." Der Fahrer nahm einen Scone aus der Box und biss hinein. „Ich komme nur selten in den Genuss von Leckereien wie diesen, Ma'am."

Selbst auf diese Entfernung konnte sie die unverhohlene Freude auf seinem wettergegerbten Gesicht erkennen.

Die ältere Frau lächelte zu ihm hinauf und blickte ihn zufrieden an. „Gut. Passen Sie dort draußen gut auf sich auf." Sie trat einen Schritt zurück und machte der Kutsche Platz. Doch als sich die Kutsche wieder in Bewegung setzte, kam die ältere Dame in ihre Richtung gelaufen, anstatt zurück auf die andere Straßenseite zur Bäckerei zu gehen.

„Wie nett von ihm, Ihnen anzubieten, sich um Sie zu kümmern", sagte Mr. Wiggins und erinnerte sie mit seinen Worten daran, dass er immer noch nur wenige

Meter entfernt stand.

„Oh ja, das war es. Sie sind beide sehr nett zu mir gewesen." Sie unterließ es, hinzuzufügen, dass sie so etwas nicht gewohnt war. In den letzten Jahren hatte sie lernen müssen, auf der Hut zu sein, denn sie hatte vermutet, dass viele Männer recht unanständige Gedanken in Bezug auf sie gehegt hatten, seit ihr Vater gestorben war. „Ich hoffe bloß…" Sie hatte nicht vorgehabt, offen über ihre Ängste zu sprechen, daher ließ sie den Satz ins Leere laufen.

Big John Wiggins sah sie mitfühlend an. „Machen Sie sich keine Sorgen. Wenn es Gedanken an Sam McKay sind, die für diese Sorgenfalten um Ihre hübschen Augen verantwortlich sind, dann kann ich Sie beruhigen. Sam ist ein guter Mann. Manchmal vielleicht ein wenig festgefahren in seinen Vorstellungen, aber trotzdem herzensgut. Ich bin mir sicher, dass er jeden Moment hier auftauchen wird. Darauf können Sie sich verlassen."

„Sam McKay?", fragte die ältere Frau, als sie sie erreichte. „Sind Sie seinetwegen hierhergekommen?"

„Ja", erwiderte Megan.

„Guten Tag, Mrs. Mulberry. Das ist Miss Megan Scott und sie ist hierhergekommen, um Sams Frau zu werden."

Begeisterung machte sich auf dem Gesicht der älteren Dame breit. „Ich muss sagen, dass ist einfach wunderbar. Sehr erfreut, Sie kennenzulernen. Wir waren neugierig, drüben in der Bäckerei. Ich musste einfach herüberkommen und schauen, ob es stimmt, was Chauncey heute Morgen erzählt hat. Wie entzückend, eine weitere Versandbraut in der Stadt zu haben."

„Chauncey?" Sie sah zu dem tabakspuckenden Mann hinüber, der nun grinsend an einem Pfosten lehnte.

„Ja, er ist vorbeigekommen und hat uns berichtet, dass er Sam gestern auf Mr. Wiggins Bitte hin einen Brief gebracht hat und dass dieser der nächste Junggeselle wäre, der eine Versandbraut bekommen würde. Gabby und Lucy werden begeistert sein. Das sind die anderen beiden Versandbräute." Sie wirbelte herum und winkte den beiden Damen in der Bäckerei zu, die daraufhin mit offensichtlicher Freude in die

Hände klatschten und sich dann umdrehten und zurück in die Bäckerei eilten. „Sie würden gern herüberkommen und Sie kennenlernen, aber die nächste Ladung Kekse müsste gerade fertig sein. Daher werde ich rasch zu ihnen gehen und ihnen helfen, aber wir freuen uns so für Sie. Sam ist ein wundervoller Mann. Wir werden uns bald wiedersehen. Was für wunderbare Neuigkeiten. Einfach wunderbar."

Etwas eingeschüchtert sah Megan der Frau nach, als diese die Straße überquerte und ließ ihren Blick von Chauncey zu Mr. Wiggins schweifen. Ihr fiel auf, dass der große Mann sich umsah, bevor er erneut zu ihr blickte. Da sowohl dieser freundliche Mann als auch Mrs. Mulberry gesagt hatten, dass ihr Zukünftiger ein guter Mann sei, würde es wohl stimmen. Bestimmt hatte er nicht jeden in der Stadt hinters Licht geführt, so wie ihr Stiefvater es getan hatte.

Plötzlich wurde sein Lächeln noch etwas breiter. „Da ist er ja. Ich habe Ihnen ja gesagt, dass Sie sich keine Sorgen zu machen brauchen."

Sie sah in dieselbe Richtung wie er und hätte

beinahe laut gekeucht, als sie den attraktivsten Mann entdeckte, den sie jemals gesehen hatte. Er näherte sich ihnen auf einem hellbraunen Pferd mit einer hellen Mähne. Alles um sie herum verblasste, während sie ihn betrachtete. Durch die Krempe seines Hutes lagen seine Augen im Schatten, doch für einen Moment fing sich ein Sonnenstrahl in ihnen, als er aufsah und in ihre Richtung blickte. Sie spürte, wie sich ein seltsames Kribbeln ihre Wirbelsäule entlang ausbreitete und ihre Nervenenden zu vibrieren begannen.

*Oh mein Gott.* Auf ein solch gutes Aussehen war sie nicht vorbereitet gewesen. Doch ihr Wunsch nach einem starken Ehemann war erhört worden. Er hatte breite Schultern und sein Blick war so intensiv, dass er jedem Mann, der ihn verärgerte, Angst einjagen musste. Ihr war klar, dass ihr Stiefvater, Dandy der er nun einmal war, nur einen Blick auf Sam McKay würde werfen müssen, um den Schwanz einzuziehen und von Dannen zu laufen. Ihr kam der Gedanke, dass sie selbst vielleicht genau dasselbe tun sollte.

Sie konnte keine Schwäche an diesem Mann ausmachen. Ihre Knie drohten unter ihr nachzugeben, doch sie würde ihren letzten Dollar darauf verwetten, dass dieser Mann vor Kraft nur so strotzte.

Sie rang nach Luft und schluckte den riesigen Klumpen herunter, der ihr im Hals zu stecken schien.

„Geht es Ihnen gut?" Big Johns besorgte Stimme drang in ihre unzusammenhängenden Gedanken.

„Ja, alles okay. Es geht mir gut", murmelte sie und hörte selbst, wie krächzend die Worte klangen, die aus ihrem trockenen Mund kamen. Einen Moment lang glaubte sie, sie hätte den großen Mann lachen hören. Doch als sie ihn ansah, blickte er so ernst drein, wie ein Mann, der soeben imstande war, vor seinen Schöpfer zu treten.

*Was dachte sie da bloß?* Sie straffte die Schultern und ermahnte sich selbst, sich normal zu verhalten. Und sich keine allzu großen Hoffnungen zu machen. Das Pferd war kaum zum Stehen gekommen, da hatte er sich bereits aus dem Sattel geschwungen und war vor ihr gelandet.

Sie schnappte nach Luft und trat einen Schritt zurück, nie zuvor hatte sie einen Mann gesehen, der sich seiner eigenen Geschicklichkeit so sicher gewesen war. Ihr Mund wurde noch trockener, als er ihr tief in die Augen sah. Ihre Gedanken rasten.

Er kniff die Augen zusammen – dunkelblaue indigofarbene Augen, die die Farbe eines stürmischen Sommerhimmels widerspiegelten. Er hatte erstaunliche Augen.

„Sind Sie Megan Scott?"

Sie nickte und stellte fest, dass sie nicht wirklich geantwortet hatte. „Ja", sagte sie, überrascht darüber, wie belegt ihre Stimme klang. Nie zuvor hatte ihre Stimme so geklungen. Sie bemühte sich darum, ihrer Stimme einen normalen Klang zu verleihen und fragte: „Sind Sie Mr. Sam McKay?"

Er riss sich den Hut vom Kopf und hielt ihn vor der Brust fest. „Der bin ich."

Sie starrten einander an und Schweigen füllte den Raum zwischen ihnen. Ihr Herzschlag verdeutlichte ihr die vergehenden Sekunden, während seine erstaunlichen Augen durch sie hindurch zu blicken schienen.

„Sie sind also hierhergekommen, um zu heiraten?"

Seine Frage kam ihr etwas seltsam vor, schließlich

kam sie von dem Mann, der nach ihr geschickt hatte. Sie nickte und hoffte, ihr Herzschlag würde sich bald wieder normalisieren, damit sich ihre Atmung beruhigen würde.

Bevor er antworten konnte, wurde er von Big John begrüßt. „Sam, wie geht es Ihnen heute?" Seine Stimme durchdrang die unangenehme Stille, die sich zwischen ihnen auszubreiten begann wie ein Feuer in der Prärie.

„Ich habe schon weniger komplizierte Tage erlebt, Big John."

Der ältere Mann legte die Stirn in Falten. „Und ich hätte gedacht, dass der Tag, an dem Sie Ihre zukünftige Frau kennenlernen, ein guter Tag ist."

Sam kniff die Augen zusammen. „Unter normalen Umständen wäre das wohl so. Doch leider sind die Umstände eher nicht normal."

Verletzt beobachte sie, wie er erneut die Augen verengte.

Big John verschränkte die Arme. „Was soll das heißen?"

Beklommenheit machte sich in Megan breit. *Er*

*hatte seine Meinung geändert.*

Ihr wurde ganz heiß, als der Blick ihres zukünftigen Bräutigams zu ihr wanderte und sie zu erkennen meinte, dass er unter seiner starken Bräune, die sicherlich von der Sonne stammte und seiner Haut einen schönen goldbraunen Ton verlieh, errötete. Ihre blasse Haut war nicht annähernd so gut geeignet, die Röte, die sich auf ihrem Gesicht abzeichnen musste, zu verbergen. Sie hasste es, dass er so deutlich sehen konnte, dass er einen wunden Punkt getroffen hatte. Trotz der Unbehaglichkeit der ganzen Situation faszinierte sie dieser Mann. Nichtsdestotrotz lag plötzlich eine Frage so drohend in der Luft wie ein heraufziehendes Gewitter: Freute er sich darüber, dass sie hier war oder nicht?

Er räusperte sich und hielt für einen Moment ihren Blick, so als würde er seine Möglichkeiten gegeneinander abwägen. Sie wandte den Blick nicht ab. Sie wollte nicht, dass er dachte, sie könne mit dem Ausgang der Situation nicht umgehen. Doch ihr Herz donnerte und sie fühlte sich vor Sorge ganz schwach.

*Was war, wenn er sie nicht wollte? Wenn er seine*

*Meinung geändert hatte und sie mit der Postkutsche dahin zurückschicken würde, wo sie hergekommen war.*

Der Fahrer der Postkutsche hatte ja gesagt, dass diese Dinge geschahen. Doch nicht im Traum hätte sie daran gedacht, dass ihr selbst das wiederfahren könnte. *War sie einfach nur dumm gewesen? Oder dermaßen verzweifelt?*

Sicher war es Verzweiflung gewesen – das musste sie zugeben und es entsprach der Wahrheit.

Dieser Mann hielt den Schlüssel zu ihrem neuen Leben in seinen Händen.

„Gibt es ein Problem?", fragte sie ungehalten. Sie war entschlossen, es ihm nicht leicht zu machen, falls er sich entschieden haben sollte, ihre Vereinbarung zu ignorieren. Vielleicht hatte er eine hübschere Frau als sie erwartet, womöglich sogar eine echte Schönheit. Sie wusste, dass keiner der beiden Begriffe verwendet wurde, um sie zu beschreiben.

Auch wenn sie ganz akzeptabel aussah, gab sie sich bezüglich ihres Aussehens keinen Illusionen hin; es gab sehr viel schönere Frauen als sie selbst. Die

Auswahl an schönen Frauen war groß, da sich heutzutage viele junge Frauen dazu entschieden, Versandbräute zu werden. Ihre Frage hing zwischen ihnen in der Luft, während sie einander anstarrten. Sie machte sich solche Sorgen, dass sie die Zähne fest aufeinanderbiss. Mr. Wiggins räusperte sich vernehmlich und erinnerte Sam augenscheinlich daran, dass er die Frage nicht beantwortet hatte.

„Nein." Seine Augen flackerten und er straffte die Schultern, was die Muskeln unter seinem Baumwollshirt vorteilhaft zur Geltung brachte. „Ich komme gerade vom Pfarrer und er meinte, er würde uns sofort verheiraten, wenn das immer noch Ihr Wunsch wäre, nachdem sie angekommen sind. Er erwartet uns in seinem Haus, wenn Sie immer noch heiraten wollen", wiederholte er, als ob er annahm, sie hätte ihn beim ersten Mal vielleicht nicht gehört.

„Ich bin bereit", sagte sie hastig. Sie wollte so schnell wie möglich heiraten, denn sie wusste nicht, wie bald ihr Stiefvater ihr folgen würde. Wenn sie das Risiko auf sich nahm, die Hochzeit zu lange zu verschieben, dann würde er sie womöglich zwingen können, mit ihm nach Hause zurückzukehren.

Vor lauter Erleichterung hätten beinahe ihre Beine nachgegeben. „Ich bin hierhergekommen, um zu heiraten und werde jetzt keinen Rückzieher machen. Und wenn wir zu Ihnen fahren, dann müssen wir verheiratet sein."

Er nickte. „In Ordnung, ich werde zum Mietstall gehen und eine Kutsche ausleihen. Warten Sie doch hier, bis ich wieder zurück bin."

„Kann ich mit Ihnen gehen?", fragte sie hastig und errötete, als sich seine Stirn in Falten legte. „Ich möchte nicht so gern hier stehenbleiben", erklärte sie. Ihre Nerven waren bis zum Zerreißen gespannt.

„Wenn Ihnen der Fußweg nichts ausmacht, können Sie gern mitkommen."

„Das stört mich nicht. Ich war so lange in diese Kutsche eingepfercht, dass ein kleiner Spaziergang wunderbar klingt."

„Dann begleiten Sie mich gern. Big John, hätten Sie etwas dagegen, ihre Taschen im Auge zu behalten?"

Mr. Wiggins grinste bis über beide Ohren. „Ich

werde auf die Taschen und Ihr Pferd aufpassen. Tun Sie, was Sie gesagt haben."

Sam nickte. „Herzlichen Dank."

Und dann ging er entschlossenen Schrittes über die Straße, so als hätte er vergessen, dass sie ihn begleiten würde.

Megan beschleunigte ihre Schritte um zu ihm aufzuschließen und hob ihre lavendelfarbenen Röcke an, um sie nicht durch den Schmutz zu ziehen. Sie fragte sich, wie alt er wohl sein mochte, als sie seine ausgreifenden Schritte und seinen schlanken, definierten Körper betrachtete. Wahrscheinlich war er fünf bis zehn Jahren älter als sie selbst. Was für ein schöner Altersunterschied. Er gefiel ihr deutlich besser als die fast dreißig Jahre, die sie von dem Geschäftspartner ihres Stiefvaters getrennt hatten. Allein der Gedanke daran, dass ihr Stiefvater sie mit seinem Partner hatte verheiraten wollen, nur um sein eigenes Ansehen zu stärken, ließ ihren Magen revoltieren.

Auf der Suche nach einem Gesprächsthema sagte sie: „Ich bin äußerst gespannt auf die Ranch. In meiner

Vorstellung ist sie wunderschön. Aber bestimmt ist es dort draußen auch recht einsam, oder?"

Er warf ihr über seine Schulter hinweg einen Blick zu und verlangsamte sofort seinen Gang. Offensichtlich war ihm aufgefallen, dass sie quasi rannte, um mit ihm Schritt halten zu können.

„Ja, sie ist wunderschön und einsam ist es dort auch. Ich bewirtschafte die Ranch zusammen mit meinem Bruder Gil, aber wir gehen uns schon manchmal gegenseitig auf die Neven, wenn wir den ganzen Tag zusammen verbracht haben. Es wird sicher nett, mit jemand anderem reden zu können und in ein sauberes Haus und zu warmen Mahlzeiten zurückkehren zu können. Sie können doch kochen, oder?"

„Ja und ich freue mich darauf, helfen zu können. Aber ich kann nicht reiten. Wenn Sie also wollen, dass ich Ihnen die Mahlzeiten auf die Weide bringe, dann werde ich es lernen müssen."

„Darum können wir uns später kümmern. Zunächst werde ich Ihnen zeigen, wie man einen Pferdewagen benutzt. Sie müssen in der Lage sein, allein von einem Ort zum anderen zu kommen. Wir leben zu weit draußen, um sich nur auf die eigenen Beine zu verlassen. Und falls mir oder sogar Gil und mir etwas zustoßen sollte, dann müssen Sie in der Lage sein, alleine in die Stadt zu gelangen."

Offenbar war er ein umsichtiger Mann und dafür war sie sehr dankbar. Die ganze Situation war ihr unangenehm, aber zumindest dafür konnte sie dankbar sein. Und im Moment würde sie sich auf alles einlassen.

Als sie sich der Kirche näherten, entdeckte sie den gutaussehenden Pfarrer, der neben der Tür stand. Er war viel jünger als sie gedacht hatte und an seiner Seite stand eine äußerst hübsche Frau.

Sie lächelte strahlend und eilte auf Megan zu. „Hallo, ich bin Gabby und so froh, dich kennenzulernen. Ich bin eine der Inhaberinnen der Bäckerei und bin auch als Versandbraut hierhergekommen. Das ist mein Ehemann, Pfarrer Andrews. Er wird euch trauen. Als Mrs. Mulberry vorhin unsere Vermutungen bestätigte, da haben wir uns alle sehr gefreut. Dann kam mein Mann in die

Bäckerei und sagte, er brauche mich als Trauzeugin. Das bin ich natürlich gern. Ich habe mich in derselben Situation befunden, wie Sie jetzt und weiß, was einen in diesen Momenten umtreibt. Vielleicht beruhigt es Sie ja, wenn jemand neben Ihnen steht, der Sie versteht, wenn Sie und Sam sich die Eheversprechen geben."

„Ja, danke." Erstaunt nahm Megan zur Kenntnis, dass auch Gabby Andrews eine Versandbraut gewesen war und lauschte ihren hastig hervorgestoßenen Worten. Ihr fiel auf, dass Gabby Sam ansah, als freue sie sich sehr darüber, dass er heiraten würde. Ihm schien die Unterhaltung unangenehm zu sein.

Gabby tätschelte seinen Arm. „Schau nicht so besorgt, Sam. Alles wird sich wunderbar fügen."

Megan hielt sie für einen sehr netten Menschen und es beruhigte sie, dass auch Gabby eine Versandbraut gewesen war. „Ich danke Ihnen für Ihr Kommen. Ich bin ein bisschen nervös." Sie war sich nicht sicher, ob es in Ordnung war, das zuzugeben und warf einen Blick zu Sam, der sich mit einem Finger über den Saum seines Hemdkragens fuhr und plötzlich selbst sehr nervös aussah.

„Es ist in Ordnung, nervös zu sein." Pfarrer Andrews trat vor und streckte die Hand aus. „Wenn Sie – aus welchem Grund auch immer – zu nervös sind und lieber noch ein paar Tage warten möchten, dann können Sie gern bei uns wohnen. Wir haben hier im Pfarrhaus einen zusätzlichen Raum, den Sie gerne für ein paar Tage nutzen können."

Sie wollte nicht warten. Das konnte sie nicht riskieren. Sams Gesichtsausdruck zeigte plötzlich einen Ausdruck von… nun ja, sie wusste nicht genau, was sie da sah. Vielleicht Bestürzung. Oder Wut? Frustration vielleicht?

„Die Kälber können jeden Tag zur Welt kommen und ich muss noch ein paar Zäune errichten. Da wäre es wirklich schwierig, jeden Tag in die Stadt zu kommen, um Sie zu besuchen. Ich habe mich entschieden, das durchzuziehen, auch wenn es nicht mein eigener Plan war. Aber wenn Sie sich nun entschließen, nicht heute heiraten zu wollen, könnte es sein, dass ich meine Meinung ändere."

Sie starrte ihn an. „Wie meinen Sie das, dass es

nicht Ihr eigener Plan war?"

Er seufzte. „Um ehrlich zu sein, habe ich nicht nach einer Versandbraut geschickt."

Sie schnappte nach Luft. „Das haben Sie nicht?"

Er sah von Gabby zum Pfarrer, die sie beide entschuldigend ansahen.

Sam seufzte schwer. „Nein, das habe ich nicht. Der Pfarrer und der Sheriff können sich dafür verbürgen, dass es jemanden in Sweet gibt, der nach Versandbräuten für die alleinstehenden Männer schickt. Offenbar bin ich der nächste Mann, der auf diese Art und Weise überrascht wurde. Sie sind bereits die dritte junge Frau, die mit der Kutsche hierhergekommen ist, nachdem der Kuppler nach ihr geschickt hat."

„Ich war die Zweite", sagte Gabby. „Lucy, die Frau des Sheriffs, war die Erste."

Megan wollte ihren Ohren nicht trauen. „Aber… Sie haben mir Briefe geschrieben."

„Das war ich nicht. Doch als ich heute Morgen in die Stadt geritten bin, habe ich mir überlegt, dass ich tatsächliche eine Frau brauche. Und da es der Pfarrer und der Sheriff sehr gut getroffen haben, werde ich mich in den Plan fügen. Ich habe erst gestern erfahren, dass Sie mit der Kutsche ankommen werden und mich dort treffen wollen."

Verlegen sag sie ihn an. „Aber…"

„Das Ganze ist nicht Ihre Schuld. Zunächst habe ich mich darüber geärgert, doch dann wurde mir klar, dass ich aus dem Grund keine Frau habe, dass ich nicht die Zeit habe, in die Stadt zu kommen und eine kennenzulernen. Und das wird auch noch eine Weile so bleiben. Wenn wir heute nicht heiraten, dann müssen Sie in der Stadt warten, bis ich erneut Zeit habe, Sie zu besuchen. So wäre es am vernünftigsten und da dies ohnehin der Hauptgrund dieser Verbindung ist, sehe ich nicht, warum wir warten sollten."

*Eine Vernunftehe.* Nicht gerade das, wonach sie sich gesehnt hatte, aber sie befand sich nicht in der Lage, Forderungen stellen zu können. Sie überlegte noch, was sie ihm antworten sollte, als er bereits fortfuhr.

„Ich brauche jemanden, der kochen, putzen und

Wäsche waschen kann. Das würde mir wirklich helfen. Wenn ich den Brief selbst geschrieben hätte, hätte ich genau danach gesucht."

„Was ist mit Kindern?", fragte sie und kämpfte darum, sich ihre Enttäuschung darüber, dass nicht er es gewesen war, der nach ihr geschickt hatte, zu verbergen und sich damit abzufinden, dass er womöglich auch keine Kinder wollte. Ihr blieb keine Zeit, sich an diesen Dingen zu stören. Sie musste sofort heiraten. Wenn ihr Stiefvater nach ihr suchen würde, wäre das der einzige Grund, der ihn daran hindern könnte, sie wieder mit sich nach Hause zu nehmen.

Er sah ihr tief in die Augen und sie wandte den Blick ab, als sie spürte, wie sie rot wurde.

„Das Leben hier draußen ist hart. Ich möchte keine Familie gründen."

Seine Worte taten ihr weh. Sie wollte schreien und sagen, dass sie sich Kinder wünschte, doch dann wollte er sie womöglich nicht mehr heiraten, daher sagte sie stattdessen: „Ich verstehe. Gut, dann können wir heiraten. Ich bin etwas enttäuscht, dass es nicht Sie waren, mit dem ich geschrieben habe, doch es war nur ein Brief und dann ein weiterer, mit dem die Zugtickets ankamen. Für mich war der Zeitpunkt perfekt."

„Dann lass es uns tun. Der Gottesdienst findet in der Kirche statt."

Und so betraten sie die Kirche. Eine Mischung aus Erleichterung und Besorgnis durchflutete sie, als sie Gabby ansah. Sie und der Pfarrer lächelten, als sie sich umdrehten und sie in das Gebäude hinein und zum Altar der kleinen, hübschen Kirche mit ihrem dunklen Holz, der hohen Decke und den gepflegten Holzbänken führten. Als sie vor dem Altar stand, sah sie Sam an. Er sah gut aus und schien ein netter Mann zu sein. Sie betete darum, dass er das auch wirklich war.

Sam lächelte sie an und schien sie damit beruhigen zu wollen. Er war sehr ernsthaft, dachte sie und schien nicht häufig zu lächeln, doch für sie hatte er es getan. Sein Verantwortungsbewusstsein war genau das, wonach sie auf der Suche gewesen war. Der Pfarrer begann mit der Zeremonie und sie konzentrierte sich darauf, dass Sam ein verantwortungsbewusster, gutaussehender Mann war, der sie beschützen würde.

\* \* \*

„Hiermit erkläre ich euch zu Mann und Frau. Sam, du darfst die Braut jetzt küssen."

Sam warf dem Pfarrer einen Blick zu und blinzelte dann mehrmals. Die Zeremonie war geschafft, doch er hatte nicht daran gedacht, dass von ihm erwartet wurde, seine Frau zu küssen. Dies war eine Vernunftehe. Auf dem Weg in die Stadt hatte er eine Entscheidung getroffen. Er brauchte eine Frau und sie hatte den weiten Weg auf sich genommen, weil sie heiraten wollte oder musste. Es ließ sich nicht leugnen, dass eine Heirat mit ihr für sie beide sinnvoll wäre. Er hatte alles mit dem Pfarrer besprochen, bevor er sich zum Haltepunkt der Postkutsche begeben hatte. Aber als er sie mit Big John Wiggins dort hatte stehen sehen, war etwas in ihm aus dem Gleichgewicht geraten. Sie hatte ihn mit großen Augen angestarrt und obwohl sie versucht hatte, sich nichts anmerken zu lassen, hatte sie äußerst verletzlich gewirkt. Er hatte sie beschützen wollen. Er hatte sich darum bemüht, sich auf die praktischen Erwägungen dieser Ehe zu konzentrieren, doch nun wurde von ihm erwartet, dass er sie küsste. Sein Brustkorb fühlte sich an, als würden eintausend Maultiere versuchen, daraus auszubrechen, als er daran dachte, ihre zarten pinken Lippen zu küssen.

Pfarrer Andrews starrte ihn an. „Du kannst deine Braut jetzt küssen", wiederholte er und nickte dann in Megans Richtung.

Sam schluckte und sah sie an. Sie erwiderte seinen Blick mit diesem verletzlichen Ausdruck in den Augen, so als würde sie fürchten, dass er sich umdrehen und weglaufen und sie allein vor dem Altar stehen lassen würde. Beinahe trotzig hob sie in dem Versuch, stark zu erscheinen, das Kinn. Sein Mund fühlte sich staubtrocken an und sein Brustkorb schmerzte unter dem Ansturm der Maultiere, daher tat er das einzig Richtige: er beugte sich vor und küsste ihre rosaroten Lippen. Sie keuchte leise auf, als sich ihre Lippen berührten und Sam fühlte sich, als wäre seine Welt ins Taumeln geraten. Er zog sich zurück, verwirrt über die Empfindungen, die ihn zu übermannen drohten.

Er kämpfte gegen das übermächtige Bedürfnis an, sie in seine Arme zu ziehen und erneut zu küssen und trat einen Schritt zurück. „Wir sollten uns besser auf den Weg machen, damit wir es noch vor Einbruch der Dunkelheit zurückschaffen. Ich muss noch die Kälber füttern."

„Okay, wie du meinst", sagte sie atemlos. „Ich bin soweit."

Und genau da lag der Hund begraben, wie er zu spät feststellte. *Sie mochte ja bereit sein, aber war er es auch?*

\* \* \*

Megan stand einfach nur da und starrte ihren Mann an. Ihre Gedanken kehrten ein ums andere Mal zu dem Moment zurück, als der Pfarrer gesagt hatte, Sam könne sie nun küssen. Er hatte sie angeblickt und seine Brauen hatten sich zusammengezogen; ihr Herz hatte gedonnert wie einer der heftigen Präriestürme, in die

die Postkutsche geraten war, als sie das weite offene Land durchquert hatten. Sie hatte nicht daran gedacht, dass er sie am Ende der Zeremonie küssen würde.

Sie hatte gehofft, dass sie ein paar Tage Zeit bekommen würde, um sich an den Gedanken zu gewöhnen, dass sie nun seine Frau war. Doch dann war er einen Schritt auf sie zugetreten und hatte seinen Kopf zu ihrem herabgebeugt und ihre ohnehin schon weichen Knie waren noch etwas weicher geworden, als seine Lippen die ihren berührt hatten. Sie fühlte sich, als wäre sie von einem Blitz getroffen worden. Als er sich plötzlich zurückgezogen hatte, war ihr so gewesen, als hätte er ein bisschen benommen ausgesehen, so benommen, wie sie selbst sich fühlte. Sie hatte gesagt, dass sie zum Aufbruch bereit war und dann hatten sie Gabby und dem Pfarrer gedankt.

Ihre Lippen kribbelten immer noch, als sie ihrem Ehemann Sam zur Tür der Kirche folgte. Sie ermahnte sich selbst zur Ruhe, doch der sanfte Kuss ließ sich mit nichts vergleichen, was sie jemals erlebt hatte. *Ihr erster Kuss.*

Als sie die Kutsche erreichten, legte Gabby einen Arm um Megans Taille und umarmte sie, als wären sie schon seit Ewigkeiten befreundet.

„Sie finden uns hier, falls Sie etwas brauchen sollten. Ich werde versuchen, bald mit ein paar Damen aus der Stadt vorbeizukommen, um eine Willkommensparty für Sie zu feiern. Wir freuen uns so für Sie." Sie beugte sich noch etwas näher, sodass nur Megan hören konnte, was sie als Nächstes sagte. „Sam ist ein wunderbarer Mann und wenn ich dieser Kuppler wäre, der die Leute zusammenbringt, dann wäre Sam auch auf meiner Liste der nächste Kandidat gewesen. Er ist ein ruhiger, ernster Mann und ich denke, er wird Ihnen ein guter Ehemann sein. Er wird ein Segen für Sie sein und Sie für ihn."

Megan hoffte es. Schon allein dadurch, dass er sie geheiratet hatte, war er ein Segen für sie. „Ich werde mein Bestes geben." Und das würde sie. Sie war so dankbar dafür, dass sie einen Mann gefunden hatte, der einen solch guten Ruf genoss, wo sie daheim in St. Louis ein solch unangenehmes Schicksal erwartet hätte. Vielleicht würde niemand jemals erfahren, wieviel ihr diese Ehe bedeutete. Sie hoffte, es niemandem sagen zu müssen. Hoffte, dass ihr Stiefvater nicht nach ihr suchen würde.

Gabby lächelte. „Ich freue mich für euch." Dann trat sie an die Seite ihres Mannes.

Pfarrer Andrews schüttelte Sams Hand. „Wir werden euch in unsere Gebete einschließen." Er legte einen Arm um die Schultern seiner Frau und gemeinsam sahen sie zu, wie Sam Megan seine Hand hinhielt.

Sie legte ihre Hand in seine und spürte, wie sich ein Kribbeln über ihre Fingerspitzen in ihren Arm ausbreitete, als er ihre Hand hielt. Aus dem Takt gebracht, stieg sie in die Kutsche und nahm auf dem Sitz Platz.

Er kletterte ebenfalls hinauf, setzte sich neben sie und nahm die Zügel auf. „Bereit?"

„Ja." Sie atmete erleichtert auf, als sich die Kutsche in Bewegung setzte. Das Gefühl der Erleichterung nahm noch zu, als sie die Stadt hinter sich ließen. *Sie war in Sicherheit.* Oder zumindest so sicher, wie sie im Moment eben sein konnte. Und wenn sie Glück hatte und ein paar Gebete sprach, dann würde ihr Stiefvater vielleicht in St. Louis bleiben und sie nicht suchen kommen.

Sie betrachtete das Profil ihres frisch angetrauten Mannes und kam nicht umhin, neben der Erleichterung eine gewisse Aufregung zu empfinden.

# KAPITEL DREI

Die Sonne schien heiß auf sie herab, doch es war ein herrlicher Tag und die Straße wand sich wunderschön durch die Landschaft. Ihr wurde klar, dass Texas ein abwechslungsreiches Land war. Auf dem Weg hierher war die Postkutsche tagelang durch flaches, trockenes Land gefahren, das zuweilen in Canyons abfiel und dann wieder nichts als weite Leere offenbarte. Der Staub und Schmutz waren kaum zu ertragen gewesen und sie war dankbar gewesen, als sich die Landschaft langsam verändert hatte und Salbei und niedrige felsige Hügel und Klippen das Bild dominiert hatten. Und es gab Bäume. Sie mochten klein und hässlich sein und wurden Mesquitebäume genannt, wie ihr der Mann erklärt hatte, der für ein paar Stunden mit ihr gereist war. Doch zumindest waren sie grün und boten dem Auge etwas anderes zum Anschauen als den ewigen Schmutz und Staub, als sich die Kutsche Meile um Meile vorwärtsbewegt hatte. Als sich die Landschaft erneut verändert hatte und grüne Weiden und große Eichen das Bild bestimmt hatten und die Kutsche an kleinen Bächen vorbeigekommen war, da war ihr vor Erleichterung fast schwindlig geworden. Hier schien das Land fruchtbar zu sein und es kam ihr nicht mehr ganz so unwirtlich vor wie zuvor.

Sam erklärte ihr, wer welche Ranch bewirtschaftete und in den Häusern wohnte, an denen sie vorüberfuhren. Je weiter sie kamen, desto seltener sahen sie Häuser, Ranchen und Bauernhöfe.

„Wie weit draußen wohnst du?" Sie ließ ihren Blick über den Horizont schweifen und betrachtete dann das gutaussehende Profil ihres Ehemannes. Schmetterlinge flatterten in ihrem Bauch herum oder vielleicht war sie auch nur aufgeregt, als sie an das neue Leben dachte, das vor ihr lag. Zu Hause hatte sie schon seit geraumer Zeit auf der Hut sein müssen und erst jetzt fiel ihr auf, wie sehr ihr dieser Umstand an die Substanz gegangen war.

Er sah sie an und sein Blick schien sich in ihren zu bohren. „Mit der Kutsche braucht man gut vier Stunden. Auf dem Rücken eines Pferdes kann man es in drei Stunden schaffen oder noch schneller, wenn man das Pferd antreibt. Ungefähr auf halber Strecke werden wir an einem Bach halten, damit die Pferde etwas trinken und sich ausruhen können. Ich habe einen Korb mit Speisen gepackt, damit wir dort etwas essen können. Und Mrs. Mulberry hat uns eine ihrer berühmten Schachteln mitgegeben, sodass wir mit echten Köstlichkeiten rechnen können, denn in ihrer Bäckerei entstehen die wunderbarsten Dinge. Sie, Gabby Andrews und Essie Jane Tate haben die Bäckerei erst vor Kurzem eröffnet und darüber freuen wir uns alle sehr. Besonders für uns Junggesellen ist die Bäckerei ein wahrer Segen, denn wir haben keine Zeit zum Backen. Ich freue mich wirklich auf ein paar hausgemachte Mahlzeiten – du kannst doch kochen, oder?"

„Ja, das kann ich. Backen auch. Ich bin mir nur nicht sicher, ob es genauso gut ist wie das, was sich in dieser Schachtel befindet. Aber ich kann es lernen. Gabby meinte, ich könne sie jederzeit um Hilfe bitten. Wenn dir also nicht schmecken sollte, was ich koche, dann kann ich ja vielleicht mal in die Stadt fahren und mir von den anderen Frauen zeigen lassen, wie man die Mahlzeiten zubereitet, die du am Liebsten hast."

„Ich bin mir sicher, dass ich dein Essen lieben werde."

Ein Schauer durchfuhr sie beim Gedanken daran, Mahlzeiten für ihn zu kochen, die ihn glücklich machten. Es war ganz normal, dass sie ihrem Ehemann gefallen wollte, auch wenn sie ihn noch nicht sehr lange kannte. Schon allein die Tatsache, dass er bereit gewesen war, sie aufzunehmen, reichte aus, um in ihr den Wunsch entstehen zu lassen, etwas zu tun, das ihm gefiel. Und vielleicht würde er ja irgendwann mehr von ihr wollen, wenn es ihr gelang, ihn zufriedenzustellen. Vielleicht würde er doch Kinder wollen. Wenn sie sich erst besser kennengelernt hatten.

„Erzähl mir doch, wie es dazu kam, dass dir die Ranch gehört."

Er richtete seinen Blick auf den Horizont. „Meine Eltern ließen sich hier nieder, als ich selbst noch ein Teenager war. Für meinen Bruder Gil und mich war das Ganze ein einziges großes Abenteuer. Doch wie unwirtlich und rau es hier draußen ist, fiel mir erst auf, als meine Mutter und mein Vater erkrankten und wir sie verloren. Ich habe mich stets gefragt, ob es richtig wäre, eine Frau hier raus zu bringen. Allerdings muss ich zugeben, dass es um die Gesundheit meiner Mutter nie allzu gut bestellt war. Und mein Vater hat viel zu viel gearbeitet. Lange Zeit wollte ich niemanden mit hierherbringen, da es hier nicht einfach ist, zu überleben."

„Ich bin ziemlich gesund. Ehrlich gesagt war ich fast noch nie krank. Ich denke, ich habe eine ziemlich starke Konstitution."

Er lächelte sie an. „Gut, denn ich würde gern gemeinsam mit meiner Frau alt werden. Ich stelle es mir befriedigend vor, auf all das zurückzublicken, was man gemeinsam erreicht hat."

Sie starrte ihn an und seine Worte durchdrangen sie wie goldenes Sonnenlicht. „Das klingt entzückend."

Seine Lippen kräuselten sich leicht und er lächelte beinahe, als er ernst ihren Blick erwiderte. „Außerdem würde ich mir Vorwürfe machen, wenn dir hier draußen etwas zustößt. Schließlich habe ich dich hierhergebracht."

„Deswegen solltest du dir keine Sorgen machen. Ich bin aus freien Stücken hierhergekommen. Und um ehrlich zu sein, hast du mir einen großen Gefallen getan, als du mich mit hier rausgenommen hast. Ich musste St. Louis verlassen."

„Wieso bist du Versandbraut geworden? Ich nehme an, dass es dafür einen Grund gibt."

Sie spielte an ihrem Kleid herum und beschloss dann, aufrichtig zu sein. „Meine Mutter ist gestorben und mein Stiefvater wollte mich zur Verbesserung seiner geschäftlichen Beziehungen mit seinem Partner verheiraten. Sein Partner ist alt genug, um mein Vater sein zu können. Ich konnte die Idee, ihn zu heiraten, einfach nicht ertragen. Meine Mutter war schon einige Zeit krank gewesen und hatte vermutet, dass dies sein Plan sein könnte. Bevor sie starb, sagte sie mir, ich müsse verschwinden. Zu diesem Zeitpunkt habe ich beschlossen, auf den Brief zu antworten, den ich in der Zeitung gesehen hatte. Ich hoffe, ich habe dich mit meiner Geschichte nicht verärgert." Sie hatte besorgt zur Kenntnis genommen, dass sich sein Gesichtsausdruck immer weiter verdüstert hatte, während sie sprach.

„Nein, ganz und gar nicht. Ich bin froh, dass es dir gelungen ist, ihm zu entkommen. Dein Stiefvater klingt wie ein Widerling. Ich nehme mal an, dass er nicht weiß, wohin du gereist bist?"

Erleichtert über seine Worte schüttelte sie den Kopf.

„Gut. Ich bin froh, dass ich dir behilflich sein konnte, auch wenn natürlich der Kuppler alles in die Wege geleitet hat und somit ja eigentlich er dir geholfen hat."

„Du hast mir auch geholfen. Du hast in die Ehe eingewilligt, trotzdem der Kuppler dich manipuliert hat." Das entsprach der Wahrheit. „Ich bin dir äußerst dankbar."

„Nun, es mag eine Vernunftehe sein, aber das heißt ja nicht, dass wir nicht beide davon profitieren können."

Erneut hingen seine Worte zwischen ihnen in der Luft und sie dachte, dass sie wahrscheinlich erleichtert darüber sein sollte, dass er nicht mehr von ihr wollte, als das sie seinen Haushalt führte. Doch statt Erleichterung spürte sie eine gewaltige Leere in ihrem Inneren. Vor langer Zeit hatte sie ihren Vater verloren, dann ihre Mutter und ihr wurde klar, dass sie womöglich jede Hoffnung auf Liebe aufgegeben hatte, als sie beschlossen hatte, eine Versandbraut zu werden. Mit einem Mal sehnte sie sich nach ihrer Mutter.

\* \* \*

Megan musterte ihre Umgebung, ihre neue Heimat. Ihre Nerven rasten, als sie an Sam vorbeiging. Er hatte die Haustür geöffnet und war dann beiseitegetreten, um ihr den Vortritt zu lassen. Ihr Ellbogen streifte seinen Bauch und sie spürte seine harten Muskeln und dachte daran, dass dieser Mann nun ihr Ehemann war. Schmetterlinge stoben in ihrem Inneren auf und sie ging rasch weiter in den Raum hinein, um den Abstand zwischen ihnen zu vergrößern. Sie betrachtete den Kamin links vom Küchenbereich und die ordentliche Sitzecke davor. Ein Stuhl mit weichen Kissen stand neben einem Sofa, das aussah, als hätte es eine Frau ausgesucht. Seine Mutter vielleicht. Der Küchentisch stand in der Mitte des Raumes. Aus dem Raum ließe sich mehr herausholen und sie fragte sich, ob es ihm wohl etwas ausmachen würde, wenn sie ein paar Änderungen vornahm. Das würde sie ihn später fragen, im Moment war sie froh darüber, dass das Haus einen angenehmen Eindruck machte und sie nicht in eine zugige Hütte ziehen würde.

Ihr Blick blieb an der Tür gegenüber dem Kamin hängen. *Befand sich dort das Schlafzimmer?* Als hätte er die unausgesprochene Frage vernommen, schritt Sam schweigend an ihr vorbei in den Raum und sie folgte ihm. Sie blieb in der Tür stehen. Das große Bett bildete den Mittelpunkt des Raumes. Darauf lag eine wunderschöne Steppdecke, die in Creme und Burgunder gehalten war. Vor dem Fenster hingen hübsche Vorhänge, deren Farbe zu dem Burgunderton der Decke passte. Sie sahen etwas abgenutzt aus, doch ihr fiel auf, dass sie einmal sehr hübsch gewesen sein mussten. An der Wand stand ein Kleiderschrank und neben diesem ein Stuhl, dessen Rückenlehne aus Schilfrohr bestand. In der gegenüberliegenden Ecke stand ein Waschtisch, vor dem ein Teppich lag, dessen Farben zu den übrigen des Raumes passten.

„Das Zimmer ist sehr hübsch. Hast du es eingerichtet?"

„Meine Mutter. Dieses Zimmer gehörte meinen Eltern. Nachdem sie gestorben waren, habe ich es übernommen. Wenn du etwas ändern möchtest, kannst du das gern tun. Meine Mutter war eine begabte Näherin und sie hat es geliebt, immerzu neue Dinge zu schaffen. Doch das ist schon lange her, daher möchtest du vielleicht Änderungen vornehmen. Ich habe noch weitere Dinge, die sie gemacht hat und auf dem Heuboden der Scheune befindet sich jede Menge Stoff. Ich kann dich auch zum Gemischtwarenladen bringen, wo du alles bekommen kannst, was du benötigst."

„Vielen Dank. Ich freue mich schon darauf, die Dinge durchzusehen, die deine Mutter gemacht hat. So wie du sie beschrieben hast, haben wir einiges gemeinsam. Auch ich nähe sehr gern. Und ich liebe es, die Handarbeiten von anderen zu betrachten und zu lernen, was sie getan haben. Dieser Quilt ist wunderschön. Doch ich bin zum Kochen hier, daher werde ich solche Dinge nur dann tun, wenn ich gerade nicht kochen oder putzen muss."

Er runzelte die Stirn und sah sie verblüfft an, während er seinen Hut vom Kopf zog. Er hielt ihn in den Händen und musterte sie. „Das wirst du ja nicht die ganze Zeit tun. Du kannst machen, was du willst. Ich meine, du bist schließlich meine Frau."

Ihre Nerven waren nicht gerade eine Hilfe. Er sah so gut aus, war eine echte Augenweide. Wenn sie ihn ansah, dann erblickte sie alles, was sie sich von einem Mann… ihrem Ehemann nur wünschen konnte. Dem Vater ihrer Kinder. Sie schob ihre Gedanken beiseite.

Vielleicht würde sie mit der Zeit ja genug Mut aufbringen, um ihn zu fragen, ob er ihr ein Kind schenken könnte. Aber nicht jetzt. Fürs Erste würde sie ihn mit ihren Kochkünsten glücklich machen. Sie musste sicherstellen, dass er es nicht bereute, sie geheiratet zu haben. „Okay." Sie holte tief Luft. „Wenn du so freundlich wärst, mir zu zeigen, wo ich frisches Wasser finde, dann würde ich mich gern noch waschen, bevor ich das Abendessen zubereite."

Er nickte. „Ich werde dir welches bringen." Er ging an ihr vorbei und sie beobachtete ihn dabei, wie er den Raum verließ und die Tür hinter sich schloss.

Sie seufzte und presste eine Hand gegen ihre Rippen, denn die Schmetterlinge waren erneut aufgeflogen, als er an ihr vorbeigegangen war und ihre Knie fühlten sich schon wieder ganz schwach an. *Was war nur los mit ihr?*

Sie war nun hier, wo sie in Sicherheit war und ihr neues Leben ließ sich ganz angenehm an. *Was beunruhigte sie dann auf einmal?* Ihr Mund war trocken, als sie die geschlossene Tür betrachtete. *Dieses Gefühl der Schwäche überkam sie jedes Mal, wenn er sich ihr näherte. Was sollte sie nur dagegen tun?*

# EINE VERSANDBRAUT FÜR DEN VIEHZÜCHTER

* * *

Sam stellte einen Krug Wasser auf den Boden neben der Tür und klopfte dann leicht dagegen, um Megan wissen zu lassen, dass er da war. Bevor sie die Tür öffnen konnte, verließ er das Haus und stapfte über den Hof zur Scheune hinüber, da er dringend allein sein und etwas Luft schnappen musste. An den Umstand, dass nun eine Frau in seinem Haus wohnte, musste er sich erst gewöhnen. Er wollte seiner jungen Frau Zeit geben, sich mit der Küche vertraut zu machen und er freute sich unglaublich auf eine gute warme Mahlzeit. Außerdem wollte er verhindern, dass sie sich unwohl fühlte und verdarb, was für ihn und Gil so wichtig war. Gutes Essen sollte man nicht auf die leichte Schulter nehmen und genau das war der Grund, warum er sich überhaupt aufs Heiraten eingelassen hatte.

Das war es, worauf er sich konzentrieren sollte.

Nicht darauf, wie zart ihre Lippen aussahen oder wie hübsch sie war. Oder auf den überwältigenden Wunsch, sie in seine Arme zu ziehen und zu küssen, der ihn jedes Mal überkam, wenn er sie ansah.

Nein, warme Mahlzeiten waren zu wichtig, um zu riskieren, dass sie etwas falsch machte, weil sie verängstigt war, weil er sie geküsst hatte. Er und Gil arbeiteten jeden Tag so lange, dass sie keine Lust mehr zum Kochen hatten, wenn sie nach Hause kamen. Daher aßen sie meist Bohnen und Dörrfleisch. Bohnen und Dörrfleisch oder manchmal Speck oder anderes Fleisch hingen ihm zum Hals heraus.

Und auch wenn das vielleicht ein recht trauriger Grund war, um eine völlig Fremde zu heiraten, so war es doch die Wahrheit.

Er hatte nicht erwartet, dass er sich zu ihr hingezogen fühlen würde. Das würde alles viel komplizierter machen.

Er konzentrierte sich auf das, was getan werden musste und schob die Gedanken, die im Moment besser ungedacht blieben, beiseite. Er holte Fleisch aus dem Keller und brachte es ins Haus. Sie hatte sich umgezogen und trug nun ein einfaches hellblaues Kleid, dass ihr gut stand. Zu gut, denn sie sah äußerst ansprechend darin aus. Er zeigte ihr, wo er seine Vorräte in einem kleinen Schrank am Ende der

Küchentheke aufbewahrte. Ihm fiel auf, dass nicht mehr viel da war. Sie hatten kein Gemüse vorrätig, weil Waschbären in den Garten eingedrungen waren, als sie gearbeitet hatten und alles gefressen oder verwüstet hatten. Nicht, dass er oder Gil besonders viel Gemüse gekocht hätten.

Er könnte Gemüse von den Nachbarn kaufen und machte sich eine diesbezügliche Notiz für die nächste Fahrt in die Stadt.

Er war nicht geblieben und sie hatte beinahe erleichtert ausgesehen, als er das Haus wieder verlassen hatte, um die Pferde noch vor dem Abendessen zu füttern.

Tulip, seine Milchkuh, musterte ihn von ihrer Box aus, als er die Scheune betrat. Er runzelte die Stirn. „Sieh mich nicht so an, als hätte ich etwas falsch gemacht. Ich habe nur nach jemandem gesucht, der uns hilft. Mehr brauche ich nicht."

Tulips große braune Augen bohrten sich in seine und er hatte das Gefühl, dass die Kuh ihm nicht glaubte. Er war sich nicht einmal sicher, ob er sich selbst glaubte.

Er vernahm Schritte und drehte sich um. Er sah, wie Gil auf ihn zueilte. Der Junge war ständig am Rennen.

„Ist sie hier?" Gil grinste, mehr wie ein Kind als ein zwanzigjähriger Mann. „Hast du sie mitgebracht?"

Sam nickte in Richtung des Hauses. „Sie ist drinnen und kocht Abendessen."

„Gut, komm, lass uns gehen…"

„Einen Moment", herrschte ihn Sam an. „Du gehst erst dort hinein, wenn das Essen fertig ist."

Gil zog die Brauen zusammen. „Ich kann es kaum abwarten. Ich kann nicht glauben, dass wir hier endlich leckere warme Mahlzeiten haben werden. Oder dass du sie tatsächlich mit nach Hause gebracht hast. Ich habe gedacht, dass du sie dorthin zurückschickst, wo sie hergekommen ist. Ich muss zugeben, ich bin stolz auf dich. Mein Magen braucht dringend etwas anderes als das, was wir die ganze Zeit essen. Und die Leckereien aus der Stadt halten nicht einmal annähernd lange genug."

Sam runzelte die Stirn. „Wenn es so schrecklich war wie du sagst, warum hast du dann nichts gesagt?

Oder selbst jemanden geheiratet?"

Gil starrte ihn an. „Sam, ich habe nicht gesagt, dass ich verzweifelt war. Außerdem bin ich noch jung. Du hingegen bist alt. Du bist derjenige, der eine Frau braucht."

„Alt? Pass auf, was du sagst. Ich bin nicht viel älter als du."

„Du benimmst dich aber, als wärst du viel älter. Stapfst die ganze Zeit mürrisch herum, als würdest du gegen alles einen Groll hegen. Reden tust du auch nicht gerade viel, also wird dir eine Frau sicher guttun."

„Ja, vielleicht", brummte Sam. „Trotzdem bin ich noch nicht so alt. Benimm dich, wenn wir hineingehen. Iss nicht alles auf einmal und stopfe das Essen nicht in dich hinein, als wüsstest du nicht, was was ist. Mama hätte nicht gewollt, dass du alles vergisst, was sie dir beigebracht hat."

Gil sah ihn betroffen an. „Das würde ich nicht tun. Ich möchte ihre Gefühle nicht verletzen. Ich bin froh, dass sie hier ist. Ich erinnere mich gut an die Dinge, die man mir beigebracht hat. Sorg du lieber dafür, dass du sie nicht verjagst. Ist sie süß?"

Die Frage kam völlig unerwartet, sodass Sam husten musste. „Im einen Moment reden wir noch über Essen und im nächsten fragst du mich, ob sie süß ist?"

„Und, ist sie es?"

Sam schluckte und dachte an die liebliche Form ihres Gesichts, die hübschen rosa Lippen und die sanften Kurven, die das blaue Kleid offenbarte. „Sie ist, ähm, ja, sie ist hübsch."

Gil runzelte die Stirn und zog die Brauen zusammen. „Das sagst du aber nicht gerade mit großer Begeisterung. Man sollte meinen, du wärst etwas aufgeregter darüber, dass sie hübsch ist und nicht doppelt so alt wie du... sie ist doch nicht doppelt so alt wie du, oder?"

„Nein, sie ist nicht älter als ich. Ich denke, sie ist älter als du, aber jünger als ich. Und du hast recht, das ist natürlich gut." Sam hatte gar nicht daran gedacht, dass Versandbräute immer wieder bezüglich ihres Alters logen. „Trotzdem haben wir eine rein praktische Beziehung. Sie ist hier, um zu kochen und das Haus in Ordnung zu halten, während wir daran arbeiten, die

Ranch weiter aufzubauen. Wie sie aussieht, spielt keine Rolle. Es ist egal."

Gils Augen wurden so groß wie Wagenräder und er legte den Kopf zur Seite und starrte ihn an. „Du magst sie." Er grinste und seine Augen leuchteten auf wie die Flamme einer Öllampe, die gerade entzündet worden war.

Sam unterdrückte den Drang, sein Gewicht zu verlagern und ertappt dreinzuschauen. „Das tue ich nicht", bestritt er.

„Also magst du deine Frau nicht?"

„Das habe ich nicht gesagt. Sie ist nett. Trotzdem wäre es am besten, die ganze Situation pragmatisch zu sehen. Alles andere würde die Situation nur verkomplizieren und das könnte alles ruinieren."

Gil sah nicht überzeugt aus. „Ich weiß nicht, großer Bruder. Ich kann deinen Gedanken nicht folgen. Ich verstehe nicht, warum du nicht einfach eine richtige Ehe mit ihr führst, wenn du sie doch ohnehin magst."

„Gil, warum verständigen wir uns nicht einfach darauf, dass du dich um deine Angelegenheiten kümmerst und ich mich um meine? Ich habe sie geheiratet, um ihr eine gewisse Sicherheit zu bieten und damit wir ein paar gute Mahlzeiten auf den Tisch bekommen. Du solltest dich darüber freuen und aufhören, mir wegen diesem anderen Kram in den Ohren zu liegen. Was zwischen mir und meiner Frau ist, ist zwischen mir und meiner Frau."

Gil grinste ihn an. „Das klingt schon vielversprechender. Vielleicht lässt du dieses ganze Gerede von Pragmatik ja bald hinter dir. Ich kann es kaum erwarten, sie kennenzulernen. Vielleicht suche ich für mich selbst auch eine Versandbraut. Schließlich hat dieser Kuppler weder für mich noch für meine Freunde eine ausgesucht."

„Du bist noch nicht bereit fürs Heiraten."

„Vielleicht ja doch."

Sam runzelte die Stirn. „Du solltest dich nicht vorschnell ans Heiraten machen."

Gil grinste. „Das werde ich nicht, aber ich glaube, ich habe einen neuen Zeitvertreib gefunden – ich sehe mir an, wie du dich windest."

„Sam", rief eine liebliche, sanfte Stimme.

Als er ihre Stimme hörte, wirbelte Gil herum und drehte sich dann wieder zu ihm um. „Sie klingt nett. Wirklich nett. Komm, lass uns essen gehen."

Sam kämpfte darum, ruhig zu bleiben, als er nach dem Arm seines Bruders griff. „Ich meinte das ernst. Benimm dich und tu nichts, was unseren Gast in Verlegenheit bringen könnte."

„Unseren Gast? Man sollte meinen, sie gehört zur Familie, jetzt wo du sie geheiratet hast."

Sam atmete langsam aus und ließ Gil los. „Du hast recht. Trotzdem, benimm dich. Ich meine es ernst."

„Ich gebe mir Mühe."

Sam folgte Gil etwas langsamer in Richtung des Hauses. Sein Magen knurrte so stark, dass er es bis in die Zehenspitzen zu spüren schien. Als er die Küche betrat, bemerkte er, dass er in Schwierigkeiten war. Es roch himmlisch. Und sie sah aus wie ein Engel.

Gil stand neben Megan am Herd und sah so aus, als wäre er ihr bereits völlig verfallen. Gil sah ihn über Megans Kopf hinweg an und grinste. „Megan ist nett, Sam. Und sie hat uns Steak mit Bratensoße gemacht. Und Apfelknödel. Und Gebäck."

„Es riecht großartig", murmelte Sam und vergaß, was er sonst noch hatte sagen wollen, als Megan sich umdrehte und ihn ansah. Als sich ihre Augen trafen, reagierte sein ganzer Körper.

Es erforderte seine ganze Willenskraft, nicht zu ihr hinüberzugehen, sie in seine Arme zu ziehen und ihr mit einem Kuss dafür zu danken, dass sie ein so wunderbar duftendes Mahl für sie bereitet hatte.

Er verlor den Verstand.

# KAPITEL VIER

Megan machte sich für die Nacht fertig, nachdem sie die Küche geputzt hatte. Zufrieden dachte sie daran, wie gut den beiden Männern das Essen geschmeckt hatte, dass sie für sie zubereitet hatte. Ihr Lob und der offensichtliche Genuss beim Verzehren der Mahlzeit machten sie stolz. Besonders das Vergnügen, dass sie in den Augen ihres Ehemannes entdeckt hatte, trug zu ihrer Freude bei. Zunächst war er etwas unbeholfen gewesen, doch als er sich den ersten Bissen in den Mund geschoben hatte, da hatte er ausgesehen, als befände er sich im siebten Himmel. Zufrieden hatte sie beobachtet, wie er sich in das Essen vertieft und voller Begeisterung alles verputzt hatte.

Sam hatte alles gegessen, was sich auf seinem Teller befunden hatte und anschließend noch zwei Knödel verspeist. Gil auch. Er war nett gewesen und hatte die ganze Zeit über geredet, während er gegessen hatte. Sam wiederum war offenbar ein eher schweigsamer Mann beim Essen und hatte ihnen lediglich zugehört. Als sich ihre Blicke getroffen hatten, da war sie ganz schwach geworden und war froh darüber gewesen, zu sitzen.

Nach dem Abendessen war Gil nach Hause gegangen und sie wusste nicht genau, was Sam in der Scheune tat. Sie warf einen Blick aus dem Fenster in Richtung der Scheune, aus der ein sanfter Lichtschein drang.

Sie war unsagbar müde, wollte aber nicht zu Bett gehen, ohne ihm nicht wenigstens eine gute Nacht gewünscht zu haben. Außerdem war sie sich nicht sicher, wo er schlafen würde. Es gab noch einen weiteren Raum und trotzdem er ihn ihr nicht gezeigt hatte, wusste sie nicht, ob er dort oder gemeinsam mit ihr in dem großen Bett schlafen würde. Schließlich war er es gewesen, der gesagt hatte, dies sei eine reine Vernunftehe. Sie hatte gerade beschlossen, nicht länger auf ihn zu warten und zu Bett zu gehen, als er zurück ins Haus kam. Erstaunt sah er sie an.

Er nahm seinen Hut vom Kopf und hängte ihn an einen Haken. „Du bist ja immer noch wach." Er musterte sie von oben bis unten, bevor sein Blick in Richtung Küche wanderte. „Die Küche sieht fantastisch aus, aber ich dachte, du wärst schon im Bett. Du musst müde sein."

Sie hatte sich damit beschäftigt, die Küche zu putzen, während sie auf ihn gewartet hatte und nun glänzte sie beinahe. „Ich war mir nicht sicher, ob du mir noch etwas sagen wolltest. Ich wollte nicht einfach ins Bett gehen, ohne dir zumindest eine gute Nacht zu wünschen."

Er stemmte die Hände in die Hüften. „Ich hätte dir sagen sollen, dass du ruhig ins Bett gehen kannst, bevor ich mich wieder an die Arbeit gemacht habe. Ich habe nicht darüber nachgedacht, dabei weiß ich, dass du einen langen Tag hattest."

„Ja, das stimmt. Aber es war ein guter Tag. Ich möchte dir dafür danken, dass du genauso bist, wie du dargestellt wurdest und dass du dich nicht falsch dargestellt hast."

Er zog seine Augenbrauen zusammen und als sie ihn dabei beobachtete, fiel ihr auf, dass er äußerst schöne Augenbrauen hatte. Seine Augen – sie liebte seine Augen. Sie waren ungewöhnlich und… Was dachte sie da bloß? Sie führten schließlich eine reine Vernunftehe.

„Denk dran, ich habe diese Briefe nicht geschrieben. Daher habe ich mich weder richtig noch falsch dargestellt. Jemand anderes hat dir diese Briefe geschickt. Aber ich bin froh, dass derjenige dich gefunden hat und du nun hier bist. Wenn ich dir eine Sache bieten kann, dann ist das eine sichere Bleibe. Während der Arbeit ist mir der Gedanke gekommen, dass du dir vielleicht mehr von dieser Ehe erhofft hast, als du in deinen Briefen zugestimmt hast, hierherzukommen. Wenn du das möchtest, können wir uns diese Option für die Zeit offenhalten, wenn wir uns besser kennengelernt haben."

Ihr Herz machte einen Satz in ihrer Brust und sie wusste, dass ihr Gesichtsausdruck gleichzeitig schockiert und euphorisch aussehen musste. Er wies die Möglichkeit, dass sie wahrhaft Mann und Frau wurden und sie womöglich eines Tages Mutter werden würde, nicht länger von der Hand. „Das wäre nett. Aber ich verstehe, wenn du dich nicht jetzt sofort darauf festlegen möchtest. Dann gehe ich jetzt zu Bett. Wo wirst du schlafen?" Sie musste diese Frage einfach stellen.

Er nickte in die Richtung des anderen Raumes. „Ich werde dort schlafen. Gute Nacht."

Ihr Blick wanderte zur Tür des Zimmers und Enttäuschung überkam sie. Ihre Wangen fühlten sich heiß an und ihr war klar, dass sie errötete. „In Ordnung, gute Nacht." Sie wirbelte herum, eilte in ihr Zimmer und schloss die Tür hinter sich.

Was musste er nur von ihr denken? Die Röte in ihrem Gesicht konnte er gar nicht nicht gesehen haben. Immerhin waren sie verheiratet. Sie nahm ihr Nachthemd aus ihrer Tasche und machte sich rasch bettfertig. Nachdem sie sich ins Bett gelegt hatte, lag sie trotz der Erschöpfung, die sie am ganzen Körper spürte, hellwach da. Hier war sie in Sicherheit. Ihre Gedanken wanderten zu Sam in dem anderen Raum. Sie legte ihre Hand neben sich auf das Laken an die Stelle, an der ihr Ehemann liegen sollte. Als sie endlich einschlief, dachte sie an ihn. Sie wünschte, er würde dort neben ihr liegen.

* * *

Sam konnte nicht schlafen. Er lag im Bett und starrte an die Decke. Im trüben Licht der Laterne sah er, wie die Schatten über die freiliegenden Dachsparren glitten. Er war nicht gerade glücklich, als er darüber nachdachte, dass dies seine Hochzeitsnacht war. Das Ganze war seine eigene Schuld, schließlich war er es gewesen, der gesagt hatte, dass sie eine reine Vernunftehe führen würden und so schlief seine Braut nun in einem Raum und er in einem anderen. Das war es nicht, was er sich immer erhofft hatte, aber er hatte sich selbst in diese Lage gebracht und es geschah ihm nur recht, dass er jetzt in dieser Klemme steckte.

Er hatte eine wunderschöne Frau, die hervorragend kochte und wenn er ehrlich war, auch sehr süß war. Und er würde nicht zulassen, dass er selbst etwas tun würde, was ihrer Vereinbarung schaden würde. Doch er bekam die reizende Röte, die ihr ganzes Gesicht überzogen hatte, als sie gesagt hatte, es wäre nett, die Ehe zu vollziehen, wenn sie einander besser kannten, einfach nicht aus dem Kopf.

Oder war sie vielleicht besorgt gewesen und er hatte ihre Sorge nur als Verlangen interpretiert?

Er war ein Mann, der nie viel mit Frauen zu tun gehabt hatte, daher fiel es ihm schwer, aus ihnen schlau zu werden. Sich all diese Fragen zu stellen, brachte ihn nicht weiter.

Als er endlich einschlief, war er in Gedanken bei seiner Frau und der Erinnerung daran, wie es sich angefühlt hatte, sie nach der Hochzeit in den Armen zu halten und sie zu küssen. Es würde eine Herausforderung darstellen, das nicht noch einmal zu tun und das wusste er.

\* \* \*

Die nächsten Tage vergingen und Megan wusste nicht, was sie von ihrem Ehemann halten sollte.

Morgens wachte sie stets auf, nachdem sie nicht wirklich gut geschlafen hatte und begann, das Frühstück zuzubereiten. Nachts lag sie wach und dachte an ihren Mann, der in einem anderen Raum schlief und sie konnte nicht anders, als sich zu fragen, wie er wohl war. Er sah so gut aus. Schon wieder schweiften ihre Gedanken zu ihm und sie fragte sich, ob er wohl Kinder wollte. Sie selbst hätte gern welche, doch da sie die Ehe vielleicht nie vollziehen würden, war es möglich, dass sie kinderlos bliebe. Sie war hier, um zu putzen und zu kochen und das tat sie auch. Zumindest verschaffte ihr das ein Ventil, um die sich langsam aufbauende Frustration abzubauen. Die Tage vergingen auf die immer gleiche Art und Weise und es stellte sich eine gewisse Routine ein: morgens kam Sam herein und aß schnell etwas, bevor er das Haus verließ. Ein paarmal kam Gil am Morgen vorbei und obwohl er gern geblieben wäre und sich noch etwas mit ihr unterhalten hätte – er war ein äußerst gesprächiger junger Mann – hielt Sam auch ihn zur Eile an. Sie hatten Arbeit zu erledigen. Abends war es das Gleiche: Sam aß und Gil redete und sie servierte das Essen und hörte Gil zu.

Am Ende der Woche glänzte das Haus geradezu und obwohl es bei ihrer Ankunft etwas staubig gewesen war, hätte man inzwischen selbst nach gründlicher Suche kein einziges Staubkörnchen mehr finden können. Die Möbel waren frisch geölt und schimmerten und sie war stolz auf das, was sie erreicht hatte, aber Sam schien es nicht zu bemerken. Er schien stets mit etwas beschäftigt zu sein und wahrte immer eine gewisse Distanz. Am Ende der Woche, fünf Tage nach ihrer Ankunft, war sie spürbar gereizt. Sam sah sie kaum an. Sprach kaum mit ihr. So hatte sie sich das nicht vorgestellt. Und sie wusste nicht, ob sie so weitermachen konnte. Die vergangenen fünf Tages waren die längsten ihres Lebens gewesen.

*Wie würde es dann erst in fünf Jahren sein? Oder in fünfzehn Jahren?* Der Gedanke war unerträglich. Es musste sich etwas ändern.

Sie dachte an Gabby und sehnte sich danach, in die Stadt zu fahren und sie und die anderen Frauen zu treffen. Vielleicht könnten die ihr einen Ratschlag geben, wie sie es schaffen konnte, die Aufmerksamkeit ihres Mannes auf sich zu lenken. Sie beschloss, an diesem Abend beim Essen den Vorschlag zu machen, zum Sonntagsgottesdienst in die Stadt zu fahren. Sie befürchtete, dass das nicht möglich wäre, schließlich lebten sie sehr weit draußen. Aber sie brauchten auch neue Vorräte, daher könnten sie vielleicht früh genug aufstehen, um rechtzeitig zum Gottesdienst in der Stadt zu sein, dann eine Nacht dortbleiben, am nächsten Morgen einkaufen und dann die Vorräte nach Hause bringen. Auf diese Weise hätte sie genügend Zeit, um sich mit den Frauen zu treffen.

Voll neuer Hoffnung kochte sie einen Rindfleischeintopf mit Kartoffeln und wartete darauf, dass die Männer von der Weide kamen. Als sie sie auf den Hof reiten sah, bildete sich ein Knoten in ihrem Magen. Sie beobachtete durch das Fenster, wie sie abstiegen und die Pferde in den Stall brachten, um sie abzukühlen. Sie biss sich auf die Lippe, während sie wartete. Sie wuschen sich an der Wasserpumpe und sie beobachtete, wie Sam sein Hemd auszog und seine muskelbepackte Brust reinigte. Ihr war aufgefallen, dass er dies stets an besonders heißen Tagen tat und seitdem stand sie jeden Abend am Fenster, um einen Blick auf seinen starken Oberkörper zu erhaschen.

Ein seltsames Gefühl beschlich sie und sie legte eine Hand auf ihren Bauch, als sie an seine Muskeln dachte und daran, wie es sich wohl anfühlen würde, wenn er seine Arme um sie legen würde. Als er sich zum Haus umdrehte, verließ sie hastig ihren Platz am Fenster und stellte Teller auf den Tisch und füllte Wasser in die bereitstehenden Gläser.

„Hallo", sagte sie, als Sam den Raum betrat. Das Zimmer kam ihr stets kleiner vor, wenn er sich darin aufhielt. Nachdem sie Platz genommen hatten, entfernte sie das Tuch, mit dem sie das Maisbrot bedeckt hatte und füllte den Eintopf in Schalen, die sie anschließend auf den Tisch stellte. Sie hatte eine Tischdecke im Schrank gefunden, die wahrscheinlich ihrer Mutter gehört hatte und diese auf den Tisch gelegt. Sie hoffte, in der Stadt etwas Stoff kaufen zu können, damit sie neue Vorhänge und eine Tischdecke nähen konnte. Sie wollte etwas mehr Farbe in den Raum bringen und ihrem neuen Zuhause ihren eigenen Stempel aufdrücken, ganz so, wie er es vorgeschlagen hatte. Außerdem wollte sie sich gern ein paar neue Kleider nähen.

Sie wusste nicht, wie es um ihre Finanzen stand, aber Sam hatte gesagt, dass sie ihn fragen solle, wenn sie etwas benötigte. Also würde sie fragen. Sie faltete die Hände und stellte sich neben den Tisch, als sich ihre Blicke plötzlich trafen.

Schmetterlinge flatterten in ihrer Brust.

„Es riecht so gut hier drinnen." Er trat an den Tisch und zog einen Stuhl hervor.

„In der Tat", stimmte Gil ihm zu und nahm auf dem gegenüberliegenden Stuhl Platz.

Sie hörte kaum, was Gil sagte, da sie erneut an Sams nackte Brust denken musste. Oh, wie sehr sie sich wünschte, dass sich seine starken Arme erneut um sie schließen würden. Gil nahm ein Stück Maisbrot in die Hand. „Ich habe den ganzen Tag über an deine Kochkünste gedacht. Wir haben heute hart gearbeitet und ich verhungere."

„Danke, Gil. Ich habe etwas gekocht, von dem ich dachte, dass es dir und Sam schmecken könnte."

„Geht es dir gut?" Sams Blick bohrte sich in ihren.

„Ja, es geht mir gut." Auch sie setzte sich.

Sam dankte dem Herrn für das Essen und seinen reichen Segen und dann machten er und Gil sich über das Essen her.

Sam hielt inne und brach ein Stück Maisbrot ab. „Bist du nicht hungrig?"

„Doch, das bin ich."

„Du isst ja gar nichts. Und du siehst aus, als hättest du Angst oder wärst besorgt oder krank. Bist du etwa krank?"

„Nein. Ich muss dich etwas fragen."

Er legte sein Maisbrot hin und platzierte die Hände zu beiden Seiten seines Tellers auf dem Tisch. „Okay. Was möchtest du mich fragen?"

„Ich bin den ganzen Tag über alleine hier. Und du sprichst kaum mit mir. Und ich brauche…" Sie hielt inne, auf einmal unfähig, weiterzusprechen. Ihr Herz donnerte so heftig in ihrer Brust, dass sie das Gefühl hatte, es würde herausspringen und über den Tisch hüpfen.

Mit einem Mal sah Sam ganz schuldbewusst aus.

„Du redest nicht mit Megan?", fragte Gil und sah ihn erstaunt an.

Sam warf seinem kleinen Bruder einen Blick zu. „Wir reden miteinander. Was brauchst du?", fragte er leise.

Sie entschied, dass jetzt nicht der richtige Moment war, um ihn darauf hinzuweisen, dass er wirklich nicht mit ihr sprach. „Ich habe mich gefragt, ob wir in die Stadt fahren könnten. Ich brauche Vorräte und Stoff für Vorhänge und Kissen und vielleicht ein neues Kleid. Ich hatte gehofft, wir könnten am Sonntag in der Frühe aufbrechen und den Gottesdienst besuchen und dann am Montag mit den Vorräten nach Hause kommen. Ich würde gern Gabby wiedersehen und auch die anderen Damen in der Stadt kennenlernen. Denkst du, das wäre möglich?"

Sie spürte plötzlich, wie ihr Tränen in die Augen traten und versuchte, sie fortzublinzeln. *Was war nur los mit ihr?* Sie wollte sich nicht schwach und verletzlich fühlen. Sie hatte gewusst, worauf sie sich einließ, als sie hierhergekommen war, hatte aber gehofft, dass ihr Ehemann und sie sich mit der Zeit ineinander verlieben würden. Doch nun begriff sie, dass diese Hoffnung zum Scheitern verurteilt war, wenn sie keinerlei gemeinsame Zeit miteinander verbrachten.

„Das können wir tun", sagte er leise.

„Das ist großartig." Gil klang genauso aufgeregt, wie Megan sich fühlte.

Ihr Blick flog zu Sam hinüber. Sie blinzelte heftig und versuchte, die drohenden Tränen zu vertreiben. Doch eine löste sich aus ihrem Augenwinkel und lief über ihre Wange herab. Sam kniff die Augen zusammen und sein Kiefer spannte sich an, als sie den Tropfen rasch mit ihren Fingerspitzen wegwischte. Er legte seine Hand auf ihre. Und sie wäre beinahe in Ohnmacht gefallen.

# KAPITEL FÜNF

Schuldgefühle prasselten auf Sam ein, als er seine Frau musterte. „Gil, mach die Kutsche reisefertig, bevor du nach Hause gehst. Wir werden morgen früh aufbrechen und zwei Nächte im Hotel verbringen. Wir fahren los, nachdem wir die Tiere gefüttert haben. Wir werden in die Stadt fahren, um unsere Vorräte aufzustocken, uns Zimmer im Hotel mieten und am Sonntagmorgen in die Kirche gehen."

„Ich werde es sofort tun." Gil stand auf und entfernte sich vom Tisch, blieb dann aber stehen und nahm sich noch ein weiteres Stück Maisbrot. Er grinste sie an. „Das Brot ist großartig, ich danke dir von ganzem Herzen für ein weiteres fantastisches Essen. Du bist die beste Köchin, die mir jemals begegnet ist. Ich wäre schon glücklich, wenn die Frau, die ich eines Tages heiraten werde, nur halb so gut kochen kann wie du."

Von seinem Kompliment gerührt, sah sie ihm zu, wie er das Haus verließ.

Sams Hand lag noch immer auf ihrer und nun begann er, ihre Haut sanft mit seinem Daumen zu streicheln. „Ich bin dir gegenüber nicht fair gewesen und das tut mir leid."

Zunächst beobachtete sie, wie er mit dem Daumen über ihren Handrücken strich, doch dann hob sie den Blick und sah ihn an. Seine Berührungen sorgten dafür, dass sich ihr Magen zusammenzog und ihr Herz zu rasen begann. Als sie ihm in die Augen sah, erkannte sie die Aufrichtigkeit darin. Sie war so nervös, dass sie kein Wort hervorbrachte und bevor sie ihre Stimme wiedergefunden hatte, fuhr er fort.

„Ich habe nicht daran gedacht, dass du einsam sein könntest und dich am Abend gern unterhalten würdest."

Sie war sich seiner Berührung und der Hitze, die von seinen Fingerspitzen ausging deutlich bewusst und dazu kam noch das merkwürdige Gefühl in ihrem Bauch.

„Mir sind Dinge durch den Kopf gegangen." Sein Blick bohrte sich in ihren.

Sie konnte nicht wegsehen. „Dinge? Was für Dinge?"

Er hob seine Hand und umfasste sanft ihren Kiefer und sie keuchte leise. Seine Berührung fühlte sich so schön an. Genauso, wie sie es sich vorgestellt hatte. Seine vom Arbeiten rauen Hände lösten auf ihrer Haut ein solches Wohlbefinden aus, dass sie spüren konnte, wie es sich über ihre Wirbelsäule in ihren ganzen Körper ausbreitete. Sie hätte für den Rest ihres Lebens so sitzen bleiben können. Was für ein verrückter Gedanke, aber sie konnte nicht anders.

„Solche Dinge…" Er beugte sich vor und küsste sie. Seine Lippen lagen wie bei ihrem ersten Kuss an ihrem Hochzeitstag fest und doch sanft auf ihren, doch dieses Mal dauerte der Kuss länger und sie gab sich ihm ganz hin. So könnte ihr gemeinsames Leben mit ihm aussehen. Ihre ganze Welt begann sich zu drehen; es war unglaublich, doch dann zog er sich plötzlich zurück. Und stand auf. Ihr Herz raste so sehr, dass sie nicht klar denken konnte.

„Ich muss noch etwas in der Scheune erledigen. Morgen nach dem Frühstück werden wir in die Stadt aufbrechen. Stell dich darauf ein, dass wir bis Montagmorgen dortbleiben. Außerdem wird es sicher ein Picknick geben. Wenn wir also etwas für das Picknick mitnehmen könnten, wäre das gut. Aber wenn nicht, dann können wir sicherlich auch in der Bäckerei einen leckeren Kuchen kaufen. Da wir ohnehin zwei Tage dort sein werden, ist es vielleicht sogar besser, wenn wir es so machen."

Er ging zur Tür hinaus und sie blieb einfach so sitzen. Ihre Welt drehte sich immer noch. Ihr Mann hatte sie gerade geküsst und sie war sich nicht sicher, was sie davon halten sollte.

Sie berührte ihre Lippen und starrte auf die Tür, die er gerade hinter sich geschlossen hatte. Neue Hoffnung keimte in ihr auf, dass diese Ehe mit Gottes

Hilfe vielleicht doch mehr für sie bereithalten würde.

* * *

Sam war etwas wackelig auf den Beinen, als er zur Scheune hinüberging. Er hatte versucht, sie nicht zu küssen. Hatte die ganze Woche über versucht, sie nicht küssen zu wollen. Und es war die reine Folter gewesen, jeden Abend mit ihr an diesem Tisch zu sitzen und sie nicht berühren zu können. Doch als sie heute Abend geweint hatte, da hatte er gedacht, sein Herz würde brechen. Er ertrug es nicht, sie weinen zu sehen. Und mit einem Mal hatte er vergessen, dass er sein Herz aus dieser Ehe hatte heraushalten wollen und sie geküsst.

Sie hatte den Kuss erwidert, was ein ganzes Feuerwerk an Gefühlen in ihm ausgelöst hatte.

Ja, es war an der Zeit, in die Stadt zu fahren, außerdem musste er über einiges nachdenken. Und vielleicht mit dem Pfarrer sprechen. Er konnte seinen Rat brauchen. Gil wollte sich gerade auf den Heimweg machen, als Sam die Scheune erreichte.

„Ich glaube, es war eine gute Entscheidung, dass wir mit Megan in die Stadt fahren. Sie sah aus, als würde ihr das guttun. Ich weiß nicht, wie ich mich weinenden Frauen gegenüber verhalten soll. Du kannst das besser."

Sam runzelte die Stirn. „Ich wusste auch nicht, was ich tun sollte."

Gil stieg in den Sattel seines Pferdes. „Das sah aber nicht so aus."

Sam dachte, dass sein kleiner Bruder häufiger in die Stadt fahren sollte. Vielleicht sollten sie alle häufiger der Einsamkeit der Ranch entfliehen und sich mit Freunden treffen. Er dachte, dass sie es sicher einrichten könnten, sonntags in die Kirche zu fahren. Wenn sie es schon nicht jeden Sonntag schafften, dann vielleicht doch mindestens zweimal im Monat. Jetzt, wo er verheiratet war, trug er die Verantwortung für seine Frau und hatte dafür zu sorgen, dass es ihr an nichts fehlte. Und unter die Leute zu kommen, schloss das ganz bestimmt mit ein.

Sie hatte so glücklich ausgesehen, als er zugestimmt hatte, in die Stadt zu fahren und ihr hübsches Gesicht hatte noch hübscher ausgesehen. Ihre Augen hatten so sehr gestrahlt, dass sein Herz einen Satz in seiner Brust gemacht hatte.

Das wollte er gern häufiger sehen.

Als sie am nächsten Morgen in Richtung Stadt fuhren, spürte er die Aufregung, die Megan ausstrahlte. Auch er war ziemlich glücklich, als er neben ihr auf der Kutsche saß. Ihre Arme berührten sich häufig und jedes Mal, wenn das passierte, loderte ein Feuer in ihm. Er würde definitiv mit dem Pfarrer über seine Gefühle sprechen müssen. Auch der Pfarrer hatte eine Versandbraut geheiratet, daher würde er ihn verstehen. Vielleicht sollte er auch mit dem Sheriff sprechen.

Gil ritt auf Megans Seite auf seinem Pferd neben der Kutsche her. Sie hatten beschlossen, ein zusätzliches Pferd mitzunehmen, weil Gil gemeint hatte, er würde sich gern in der Stadt nach Frauen umschauen. Sam hatte nichts dagegen einzuwenden gehabt, mit Megan allein in der Kutsche zu sitzen.

„Ich freue mich, dass wir nun zu dritt sind." Gil grinste Megan an. „Dir wird es in der Stadt gefallen. Das Hotel ist schön. Ich habe dort bereits ein paar Mal zu Mittag gegessen, war aber noch nie in einem der Zimmer. Sam, teilen du und ich uns ein Zimmer?"

„Ja", sagte Sam schroff. „Ich hoffe, sie haben benachbarte Zimmer mit einer Verbindungstür. Wir teilen uns ein Zimmer und Megan bekommt auf diese Weise etwas Privatsphäre."

„Okay", antwortete Gil, der eingesehen hatte, dass Sam und Megan keine gewöhnliche Ehe führten. Trotzdem er darauf drängte, dass es so sein sollte.

„Ich werde zunächst in den Futtermittelladen gehen, wenn wir in der Stadt angekommen sind, um Vorräte für die Ranch zu erwerben. Du kannst in den Gemischtwarenladen gehen und dir Zeit nehmen, um zu kaufen, was immer du brauchst. Wenn du Stoff benötigst, dann kaufe auch den. Du kannst dort in meinem Namen anschreiben lassen und Geld für die Dinge ausgeben, die dir gefallen. Am besten kaufst du gleich auch noch, was du für die nächsten Wochen zum Kochen brauchst. Ich habe immer nur gekauft, was leicht zuzubereiten war und sich lange gehalten hat, aber wenn du etwas anderes erwerben möchtest, dann tu das gern."

Gils Pferd warf vor Ungeduld darüber, neben der Kutsche herlaufen zu müssen, den Kopf zurück. „Sam und ich werden dankbar alles essen, was du für uns kochst, aber wenn du weißt, wie man einen Pfirsichauflauf macht, dann würden wir dazu sicher nicht Nein sagen."

Megan lachte laut auf und die Freude in ihrem Lachen sandte eine Woge des Verlangens durch Sam.

„Ich werde dir gern einen Auflauf machen. Ich werde viel Spaß daran haben, Sachen auszusuchen, die ich für euch beide kochen kann. Ich sehe ja, wie hart ihr jeden Tag arbeitet und da ist es mir eine Freude, dafür zu sorgen, dass ihr besonders am Abend, nachdem ihr den ganzen Tag in der Hitze geschuftet habt, eine anständige Mahlzeit zu essen bekommt. Ich bin eine gute Köchin, ich werde euch zu euren Mahlzeiten auch mal das eine oder andere Dessert zubereiten."

Sams Magen knurrte, als er nur daran dachte. Sie hatte sie bereits in der kurzen Zeit verwöhnt, die sie bei ihnen war und es geschafft, mit den Vorräten, die im Haus gewesen waren, tolle Mahlzeiten zuzubereiten.

# EINE VERSANDBRAUT FÜR DEN VIEHZÜCHTER

Der Gedanke daran, was sie alles würde zaubern können, wenn sie die Zutaten selbst ausgesucht hatte, erregte ihn. Gott hatte es wirklich gut mit ihm gemeint, als er Megan durch den Kuppler zu ihm geführt hatte.

Dieser Gedanke traf ihn wie der Tritt eines Maultiers.

Aber es war die Wahrheit.

# KAPITEL SECHS

In der Stadt herrschte geschäftiges Treiben, als sie die Straße entlangfuhren. Megan konnte kaum stillsitzen, so aufgeregt war sie. Sie hatte es genossen, neben Sam zu sitzen und immer wieder zu spüren, wie ihre Arme einander berührten. Auch er war merklich entspannter als sonst und das erfreute sie noch mehr.

„Da ist das Hotel. Während du einkaufen gehst, werde ich mich um die Zimmer kümmern und danach in den Futtermittelladen gehen. Ich hole dich anschließend ab und dann können wir im Hotel zu Mittag essen."

„Okay", erwiderte sie, als Sam die Kutsche vor dem Laden zum Stehen brachte. Er sprang von seinem Sitz herunter.

Gil hatte sein Pferd angebunden und war abgestiegen. Er streckte eine Hand aus, um Megan aus der Kutsche zu helfen.

Sam trat zwischen sie. „Ich werde meiner Frau dabei behilflich sein, von der Kutsche herabzusteigen."

„Aber klar." Gil lachte. „Wir sehen uns später. Ich gehe in die Bäckerei und gönne mir ein paar Leckereien."

„Was ist mit dem Mittagessen?", fragte Sam.

„Das esse ich anschließend auch noch", rief er, ohne sich umzusehen.

Sam schüttelte den Kopf. „Der Junge ist ganz verrückt nach Süßigkeiten."

„Das ist mir auch schon aufgefallen."

Megan hatte seine Hand ergriffen und Sam dachte, er könnte für immer so dastehen und ihre Hand halten. Er beobachtete sie dabei, wie sie ihren Rock anhob, bevor sie aus dem Wagen stieg. Für einen Moment hoffte er, sie würde stolpern, damit er sie auffangen könnte. Wie lächerlich er sich benahm – dass er sich wünschte, seine Frau würde stolpern, nur damit er einen Vorwand hatte, um sie in die Arme zu schließen. Offenbar war er dabei, den Verstand zu verlieren.

„Ich möchte dir noch einmal vielmals dafür danken, dass ich mit in Stadt kommen durfte. Bist du dir sicher, dass wir genug Geld haben, damit ich Stoff kaufen kann?"

„Ich bin mir sicher. Wenn du dir lieber ein fertiges Kleid kaufen möchtest, dann kannst du das natürlich auch tun."

„Ich werde mal schauen."

„Ich habe gesehen, wie sie sie aufgehängt haben. Kauf ruhig eines oder mehrere, wenn du magst."

„Ich schaue sie mir mal an. Aber ich nähe gern meine eigenen Kleider. Gefallen sie dir denn nicht?" Sie sah ihn fragend an und ihm ging auf, dass er mit seinem Versuch, sie glücklich zu machen, womöglich ihre Gefühle verletzt hatte.

„Doch, ich mag sie. Du siehst wirklich hübsch in ihnen aus. Ich wollte dir nur zu verstehen geben, dass du kaufen kannst, was immer du möchtest."

Erleichterung erfüllte ihren Blick. „Wie nett von dir. Ich werde sie mir anschauen."

Sie sahen einander an, bis sie sanft an ihrer Hand zog. Erst als er das bemerkte, wurde ihm klar, dass sie nirgendwohin gehen konnte, wenn er sie weiter festhielt. Er ließ ihre Hand los und spürte, wie ihm heiß wurde. „Bitte entschuldige. Ich bin in einer Stunde zurück und dann essen wir im Hotel zu Mittag."

„Okay. Bis dann", sagte sie lächelnd und drehte sich um und betrat den Laden. Auch er lächelte, dann kletterte er zurück auf die Kutsche, griff nach den Zügeln und sah ihr dabei zu, wie sie in den Laden trat. Er hoffte, dass sie allein keine Probleme bekäme. Er fühlte sich für sie verantwortlich. Aber Sweet war so sicher, wie eine texanische Stadt nur sein konnte. Trotzdem konnte man niemals vorsichtig genug sein. Er beschloss, sich zu beeilen.

Andererseits brauchte sie vielleicht etwas Zeit für sich.

\* \* \*

Megan war etwas flau im Magen wegen der Art und Weise, wie Sam ihre Hand gehalten und sie angesehen hatte. Er hatte ausgesehen, als habe er sie nicht gehen lassen wollen. Sie schwebte quasi auf Wolken, als sie den Laden betrat und sich einer lächelnden jungen Frau mit funkelnden Augen gegenübersah, die offensichtlich schwanger war.

„Hallo, Sie müssen Sams Frau sein", sagte die hübsche junge Frau mit glänzenden Augen. „Ich bin Lucy Jones. Ich bin die Frau von Trey Jones, dem Sheriff. Ich freue mich so, Sie kennenzulernen."

„Ich bin Sams Frau, Megan. Sie sind die andere Versandbraut." Megan freute sich darüber, ihre Bekanntschaft zu machen.

„Ja, die bin ich. Und ich bin überglücklich, seine Frau zu sein."

„Das ist beruhigend", sagte Megan, bevor sie sich zurückhalten konnte. Wenn Lucy und Gabby beide glücklich waren, dann gab es für sie sicher auch noch Hoffnung. „Ich bin so froh darüber, dass wir in die

Stadt gekommen sind. Wir wohnen zwei Tage im Hotel und besuchen am Sonntagmorgen den Gottesdienst."

„Wundervoll. Sam ist ein guter Mann. Trotzdem habe ich mir Sorgen um Sie gemacht, als ich gehört habe, dass der Kuppler wieder zugeschlagen hat. Ihr wohnt schon sehr abgelegen dort draußen. Trey meinte, man ist recht lange in die Stadt unterwegs und es ist einsam dort und man hat nicht viele Nachbarn. Wie geht es Ihnen so?"

„Ich gewöhne mich daran, aber etwas einsam ist es schon, weil Sam und sein Bruder den ganzen Tag über arbeiten. Ich bin froh, dass wir heute in die Stadt gefahren sind. Ich würde gerne mit Ihnen und Gabby reden, wenn wir dafür etwas Zeit finden, bevor wir am Montagmorgen wieder abreisen."

„Ich freue mich, dass Sam Sie mitgenommen hat und ihr am Gottesdienst und dem anschließenden Beisammensein teilnehmt. Wir werden es morgen sicher einrichten können und uns unterhalten können."

Plötzlich machte sie sich Sorgen, dass sie so klang, als wäre sie mit ihrem Ehemann unglücklich.

Sie hoffte, dass es nicht so rübergekommen war, aber sie musste unbedingt mit den anderen Versandbräuten sprechen. „Das klingt wundervoll."

„Kaufen Sie heute neue Vorräte ein? Der Laden bietet eine große Auswahl."

„Das tue ich. Und anschließend werde ich in die Bäckerei gehen und etwas besorgen, was ich morgen mitbringen kann."

„Das ist nett von Ihnen, aber nicht notwendig. Es wird mehr als genug zu essen geben."

„Aber ich möchte es tun."

„Ich helfe noch eine Stunde hier im Laden aus und dann gehe ich in die Bäckerei hinüber, um mich mit den Damen zu treffen. Lassen Sie mich Ihnen mit Ihrer Liste helfen, dann können wir gemeinsam dorthin gehen. Und wenn wir irgendwo eine ruhige Ecke finden, dann können wir uns vielleicht sogar heute noch unterhalten."

„Das wäre toll. Ich habe mir gedacht, dass Sie und Gabby mir helfen können, mich in der Welt der Versandbräute zurechtzufinden." Sie sprach leise, damit die anderen Kunden sie nicht hören konnten.

Lucy lächelte und tätschelte ihren Arm. „Ich kann Ihnen versichern, dass wir Sie verstehen."

Megan war erleichtert und sah sich im Laden um. Ihr Blick fiel auf ein kariertes Kleid, das weiter hinten im Laden hing. „Das ist ja hübsch."

Lucy drehte sich herum um zu schauen, was sie betrachtete. „Kommen Sie, ich zeige es Ihnen. Es ist gerade erst reingekommen. Niemand sonst in der Stadt hat ein Kleid wie dieses, aber wenn ich Sie mir so ansehe, dann könnte es ein wenig groß sein. Aber sicher können Sie nähen und es so abändern, dass es Ihnen perfekt passt. Wir haben aber auch viele hübsche Stoffe da. Falls Sie es also vorziehen, sich selbst ein Kleid zu nähen, dann ginge das auch. Oder Sie machen beides."

„Schön, dass der Laden so gut bestückt ist. Sam wollte, dass ich alles kaufe, was ich benötige. Er ist bemüht, mir das Leben so einfach wie möglich zu machen. Ich fand das wirklich süß."

Lucy lächelte. „Bevor Sie hierhergekommen sind, sah Sam häufig abwesend aus, wenn er in der Stadt war. Gerade eben hat er ganz anders ausgesehen, als er

Ihnen aus der Kutsche geholfen hat. Ich habe euch durch das Fenster beobachtet. Er sah so aus, als wäre er ganz hingerissen von Ihnen. Manchmal brauchen diese Männer hier an der Grenze nur den sanften Einfluss einer Frau."

Megan spürte, wie sie rot wurde. „Nun, um ehrlich zu sein wollte ich genau darüber mit euch sprechen. Ich koche und putze nur für ihn."

Lucy sah sie nicht erschrocken an, wie sie befürchtet hatte, sondern lächelte nachsichtig. „Das ist gut. Wenn ihr soweit seid, wird mehr geschehen. Es ist gut, dass ihr euch die Zeit nehmt, einander kennenzulernen. Lassen Sie uns Ihre Bestellung zusammenstellen und dann in die Bäckerei hinübergehen. Ich glaube, Sie können eine ganze Schar Frauen als Gesellschaft vertragen."

Megan nahm ein Stück Spitze in ihre Hände. „Er hat gar nicht nach mir geschickt. Er wollte überhaupt nicht heiraten, hat es dann aber trotzdem getan. Und ich habe beschlossen, seine Frau zu werden, aber nun fürchte ich, dass ich mir damit den Weg verbaut habe, jemals Kinder zu haben. Dabei würde ich es lieben, eines Tages mein eigenes Baby in den Armen zu halten."

„Ich verstehe Sie so gut. Auch ich hatte einmal ähnliche Gedanken. Aber sehen Sie mich an – das Kleine wird in ein paar Monaten eintreffen und ich kann es kaum erwarten, sie oder ihn in den Armen zu halten. Jetzt besorgen wir aber Ihre Vorräte und dann gehen wir hinüber und besorgen Ihnen einen Kirschscone. Nach einem von Ambrosia Mulberrys Scones sieht gleich alles besser aus. Aber… Sam will vielleicht gemeinsam mit Ihnen Mittag essen. Wenn das so ist, dann können wir auch anschließend dorthin gehen."

„Ja, das hatten wir geplant." Megan wollte mit Sam zu Mittag essen, aber trotzdem auch Zeit mit den Damen verbringen. Sie bezweifelte, dass ein Scone ihre Probleme beseitigen würde, aber etwas Zeit mit anderen Frauen würde ihr sicher guttun.

Lucy zog das Kleid von seinem Bügel und lächelte. „Großartig. So wie Sam Sie vorhin angesehen hat, denkt er nicht, dass Sie seine Putzfrau sind. Es war eher der Blick eines Mannes, der sich darauf freut, Zeit mit Ihnen verbringen zu dürfen. Wir können in die Bäckerei gehen, nachdem ihr gemeinsam gegessen habt, wenn das für Sie in Ordnung ist."

Megan spürte, wie Hoffnung in ihr zu keimen begann. *Konnte das stimmen? War es möglich, dass da doch mehr zwischen ihnen sein könnte?* Sie traute sich kaum, das für möglich zu halten.

* * *

Sam betrat den Futtermittelladen und wünschte sich, er könnte stattdessen mit Megan gemeinsam im Gemischtwarenladen einkaufen. Zu seiner Freude bemerkte er, dass sich ein paar ältere Männer im Laden aufhielten.

„Nun sieh mal einer an, wer uns in der Stadt besuchen kommt", sagte Chauncey Todd mit einem breiten Lächeln, dass all seine vom Rauchen gelben Zähne zeigte. „Hast du deine junge Braut auch mitgebracht?"

Horace Holcomb kratzte sich am Kinn und starrte seinen alten Kumpel an. „Ich habe dir doch gerade erzählt, dass ich sie neben ihm auf der Kutsche habe sitzen sehen. Hast du mir nicht zugehört?"

Chauncey kicherte. „Doch, doch. Ich wollte dich nur etwas ärgern."

Sam wusste, dass ihn die alten Männer gehörig aufziehen würden.

Big John kam aus dem rückwärtigen Teil des Ladens. „Jungs, lasst mal Sam in Ruhe. Wie geht es Ihnen, Sam?"

„Es geht mir recht gut. Ich habe eine Liste mit Dingen, die ich brauche."

„Das ist gut. Geben Sie mir die Liste und ich werde alles zusammensuchen. Dann können Sie es in ein paar Minuten auf Ihre Kutsche laden. Oder wenn Sie das möchten, dann gehen Sie ruhig schon zurück zum Hotel, wir können die Kutsche für Sie beladen. Da Sie Ihre hübsche Braut mit in die Stadt genommen haben, möchten Sie dort sicher mit ihr essen."

*Woher wusste Big John solche Dinge?* Der Mann grinste, als hätte er seine Gedanken gelesen.

„Danke, Big John. Genau das habe ich vor. Megan hat die ganze Woche über für mich und Gil gekocht und ich finde, sie hat es verdient, das mal jemand anderes für sie kocht und da ich selbst ein schrecklicher Koch bin, ist meine Wahl auf das Hotel gefallen." Seine Worte sorgten für allgemeine Erheiterung.

Chauncey und Horace grunzten wie Hyänen.

„Wie romantisch", sagte Horace. „Eins muss ich sagen – ich weiß nicht so ganz, was ich von all diesen jungen hübschen Frauen halten soll, die plötzlich in die Stadt kommen, sie haben schon arge Romantiker aus euch gemacht." Er kratzte sich verwirrt am Kopf.

Chauncey kicherte. „Ein bisschen Romantik hat noch keinem geschadet. Im Gegenteil, es bringt das Beste im Mann zum Vorschein. Ich rede nicht häufig darüber, aber auch ich war vor langer Zeit mal verheiratet. Sie ist gestorben und das hat mir das Herz gebrochen. Ich rede nicht darüber. Aber Sam, ich freue mich sehr für dich. Es ist einsam dort draußen, wo wir leben. Ich bin einsam, aber das passt zu mir und meinem alten Maultier, aber für einen jungen Mann wie dich ist das nichts. Oder auch für Gil. Ich finde es wunderbar, was dieser Kuppler für dich getan hat, indem er sie hierhergebracht hat."

Alle schwiegen und starrten Chauncey an. Für einen Mann, der für gewöhnlich nicht viel sagte, hatte er gerade unglaublich viel geredet. Und niemand von ihnen hatte gewusst, dass er eine Frau verloren hatte. Sie wussten, dass Mr. Sweet seine Frau und Big John seine Millie verloren hatten. Aber niemand hatte gewusst, dass Chauncey eine Seite an sich hatte, die weich genug war, als das sich ihm eine Frau auf zehn Fuß genähert hätte.

Sam lächelte den alten Bergmann freundlich an, nachdem er von seinem Leid erfahren hatte. „Danke, Chauncey. Dein Verlust tut mir sehr leid. Ich weiß, es ist lange her, aber trotzdem tut es mir leid."

„Mir auch", fügte John hinzu und umfasste herzlich die Schultern des Bergmannes. „Ich weiß noch, wie schwer es für mich war, als ich Millie verloren habe. Und du hast völlig recht mit dem, was du gesagt hast. Darüber wie eine Frau das Leben eines Mannes verändern kann. Frauen bringen den weichen Kern von uns älteren – und jüngeren – Männern zum Vorschein."

„Ja, das ist wohl war." Chauncey grinste.

Horace kicherte. „Ich sehe schon, was Big John über uns denkt."

Chauncey spuckte Tabak in den Spucknapf und landete einen Volltreffer mitten in dessen Öffnung. „Manche Dinge kann man nicht abstreiten."

Sam vermutete, dass Chauncey und Horace nicht so rau waren, wie sie zu sein vorgaben. Er wusste, dass sie sich gern Törtchen von Mrs. Ambrosia gönnten und auf jeder Veranstaltung auftauchten, wo deren Leckereien serviert wurden. Außerdem war ihm bekannt, dass sie nicht ihr gesamtes Geld im Saloon ausgaben. Stattdessen verbrachten sie ihre Zeit lieber hier und saßen mit Big John zusammen und belästigten dessen Kunden, anstatt sich zu betrinken und ihr Geld beim Glücksspiel zu verprassen. Dafür respektierte Sam sie.

Ehe der geheimnisvolle Kuppler Megan in die Stadt gebracht hatte und diese aus der Postkutsche gestiegen war und ihn geheiratet hatte, war auch er ziemlich mürrisch und unleidlich gewesen. Inzwischen verstand er, dass das deswegen so gewesen war, weil es am Ende des Tages nichts gegeben hatte, worauf er sich hatte freuen können. Er hatte immer nur gearbeitet. Und Gil auch.

„Männer, die Wahrheit ist, dass ich immer noch nicht weiß, wer in meinem Namen mit Megan geschrieben hat und sie dadurch dazu gebracht hat, hierherzukommen. Zunächst war ich wütend auf diese Person. Doch ich konnte Megan einfach nicht zurückschicken, nachdem sie bereits so weit gereist war. Inzwischen sieht es auf der Ranch viel hübscher aus. Und nennt mich verrückt, aber wenn ich jemals herausfinde, wer diese Briefe geschrieben hat, dann werde ich denjenigen – oder diejenige – wahrscheinlich umarmen."

*Das entsprach der Wahrheit.*

„Eins kann ich Ihnen sagen", sagte Big John. „Wer immer der Kuppler ist, er wird wissen, dass Sie glücklich sind. Das steht Ihnen ins Gesicht geschrieben. Seien Sie nur nett zu Ihrer Frau und die Dinge werden noch besser laufen. Wahrscheinlich werden bald ein paar Kinder über euren Hof rennen."

Sam schluckte. *Kinder.* Ja, er wollte Kinder, aber

im Moment versuchte er noch, seine Ehe zu verstehen. Er fragte sich, ob… Plötzlich zuckte er zusammen, als er sich an den Augenblick erinnerte, in dem Megan gesagt hatte, dass sie die Ehe gern vollziehen würde. Hatte sie nur allem zugestimmt, worum er sie gebeten hatte? Dass sie für ihn kochte und sie in getrennten Zimmern schliefen? Hatte sie zurückgestellt, was sie selbst wollte?

*Was hatte er bloß getan? Konnte er das wieder geraderücken?* Er musste unbedingt mit dem Pfarrer sprechen. Er musste reden; musste herausfinden, ob das, was er dachte, falsch oder richtig war. Und das musste bald geschehen.

# KAPITEL SIEBEN

Sie hatte Lucy die Liste mit den benötigten Vorräten gereicht und nachdem sie alles zusammengesucht hatten, hatte sie noch das hübsche Kleid und Stoff für zwei weitere dazugelegt. Sie kam sich herrlich unbeschwert dabei vor.

Als sie aus dem Fenster sah, erblickte sie Sam, der sich gerade dem Laden näherte. Ihr Herz begann zu rasen und sie seufzte bei seinem Anblick.

„Das habe ich gehört", sagte Lucy.

Megan sah sie erschrocken an, ihr war nicht bewusst gewesen, dass ein Laut über ihre Lippen gekommen war.

Lucy sah sie verschmitzt an. „Das ist schon in Ordnung. Nichts spricht dagegen, dass Ihnen der Anblick Ihres Ehemannes Freude bereitet. Er sieht sehr entschlossen aus. Wissen Sie, anfangs war zwischen mir und Trey auch nicht alles perfekt. Er hatte mich eingestellt, um nach Janie zu schauen. Ich war nur dafür da, um mich um sein kleines Mädchen zu kümmern. Wir kamen uns näher, als wir einander besser kennenlernten. Ich bin mir sicher, dass es Ihnen genauso ergehen wird."

„Ich hoffe, Sie haben recht." Sie seufzte erneut, da sie nicht in der Lage war, ihre Gefühle zu verbergen, als Sam den Laden betrat.

Er nahm den Hut vom Kopf und drückte ihn gegen die Brust. „Hast du alles bekommen, was du wolltest?"

Ihr fiel auf, dass er sie gefragt hatte, ob sie alles bekommen habe, was sie *wollte* – nicht was sie *brauchte*. Diese Erkenntnis sorgte dafür, dass sie ein wohliger Schauer durchfuhr.

Sie dachte an die Pläne, die ihr Stiefvater daheim für sie geschmiedet hatte und zuckte zusammen. Sie war gesegnet und das wusste sie. „Das habe ich. Lucy hat mir dabei geholfen."

„Großartig. Ich habe mir gedacht, wir könnten im Hotel zu Mittag essen."

Megan sah zu Lucy hinüber, da sie sich nicht sicher war, was sie sagen sollte.

„Eine hervorragende Wahl", sagte Lucy. „Ich freue mich sehr darüber, dass Sie Megan mit in die Stadt gebracht haben. Wenn Sie nach dem Essen noch Besorgungen zu erledigen haben, dann bringen Sie Megan gern zu mir. Wir könnten in die Bäckerei gehen und Gabby und die anderen Frauen treffen. Wir alle würden uns sehr darüber freuen."

Erleichtert und voller Dankbarkeit lächelte Megan Lucy an. „Wenn das für Sie in Ordnung ist, würde ich das gern tun."

„Ich verstehe, dass du gern die anderen Frauen kennenlernen möchtest, während ich weitere Besorgungen erledige. Tatsächlich habe ich selbst daran gedacht, bei Trey vorbeizuschauen."

„Perfekt. Er hat sich den Morgen freigenommen, um mit Janie das Spielhaus zu verschönern, dass er im

Hof baut. Sie verbringen etwas Zeit zu zweit, aber ich bin mir sicher, dass er Sie gern sehen würde."

Sam sah sie ernst an und seine Augenbrauen zogen sich zusammen. „Ich möchte nicht stören."

„Bis Sie vorbeikommen, wird er sich bereits auf den Rückweg ins Büro befinden. Sie können ihn dort besuchen. Janie kommt mit uns in die Bäckerei. Sie liebt es dort zu sein."

„Dann wäre das geklärt." Er sah Megan an. „Und jetzt ist es an der Zeit, dass ich dich mit einer Mahlzeit verwöhne, die du nicht selber zubereitet hast. Wenn Sie uns nun entschuldigen würden, wir sehen uns später."

„Sie werden das Essen lieben. Es ist ausgesprochen köstlich."

Megan ergriff den Arm, den er ihr hinhielt und war etwas verlegen bei Sams Anblick, aber dafür umso glücklicher. Als er sie aus dem Laden führte, breitete sich ein angenehmes Gefühl in ihrem Bauch aus.

Kurz darauf gingen sie die Straße entlang und Megan war stolz darauf, neben ihm herzugehen. Er sah so gut aus. Sie wusste nicht, was die Zukunft für sie beide bereithalten würde, beschloss aber, den Moment zu genießen. Und darauf zu vertrauen, dass alles gut werden würde. Sie würde es genießen, mit ihm gemeinsam in der Stadt zu sein, mit ihm im Hotel zu Mittag zu essen und dann morgen mit ihm in die Kirche zu gehen.

Einige Minuten später nahmen sie in dem fast leeren Speisesaal Platz. Da es bereits etwas spät für ein Mittagessen war, vermutete sie, dass der Großteil der Gäste schon wieder gegangen war. Sie fragte sich, wo Gil sein mochte, aber da er alt genug war, um sich selbst um eine Mahlzeit kümmern zu können, fragte sie nicht nach ihm. Und wenn sie ehrlich war, fand sie den Gedanken daran, allein mit ihrem Mann zu speisen, sogar sehr erfreulich. Es überraschte sie, als Sam einen Stuhl für sie herauszog. Er vermittelte ihr den Eindruck, etwas ganz Besonderes zu sein.

Er ließ sich die Speisekarte von der Wirtin geben und hielt sie ihr hin. „Bestell dir, was immer du möchtest."

Ihre Hände berührten sich, als sie nach der Speisekarte griff. Erneut stoben Schmetterlinge in ihrer

Brust auf. „Alles klingt gut." Sie klang atemlos.

„Das ist es auch." Voller Zuneigung sah er sie an.

Sie konzentrierte sich auf die Speisekarte. Sie nahm die köstlichen Düfte wahr, die aus der Küche drangen.

„Möchten Sie bestellen?", fragte die Kellnerin. „Hühnchen mit Sauce ist das Gericht des Tages."

„Das klingt hervorragend. Das hätte ich gern." Sie lächelte der Kellnerin zu.

„Eine ausgezeichnete Wahl. Unser Koch macht wunderbare Saucen und das Huhn und die Klöße sind auch köstlich. Ich sage ihm, er soll Ihnen auch einen Kloß mit auf den Teller tun."

Sam bestellte ein Steak mit derselben Sauce. Nachdem die Kellnerin gegangen war, trank er einen Schluck Wasser. „Hast du Stoff und vielleicht auch ein neues Kleid erstanden?"

„Das habe ich. Ich habe ein Kleid gekauft – es ist unglaublich hübsch – und Stoff für zwei weitere. Das fertige Kleid werde ich vielleicht etwas ändern müssen, aber nicht sehr viel."

„Kannst du denn Kleider nähen?"

„Ja, ich kann ganz gut nähen und das beschränkt sich nicht bloß auf Tischdecken."

„Ich glaube, du schaffst alles, was du dir vorgenommen hast."

„Danke." Sie errötete bei dem Kompliment.

Eine unbehagliche Stille breitete sich zwischen ihnen aus und Megan fragte sich, ob es immer so sein würde. Sie hoffte, sie würden sich irgendwann wohler miteinander fühlen. Es wäre schön, wenn sie ungezwungen miteinander umgehen könnten.

„Ich habe Zimmer für uns organisieren können."

„Das ist gut. Wir müssen also nicht im Stall schlafen", zog sie ihn auf.

Er gluckste. „Nein, das müssen wir nicht. Ich habe unsere Taschen bereits hinaufgebracht." Er starrte sie an. „Habe ich dir schon gesagt, wie hübsch du heute aussiehst?"

Seine Worte erschreckten sie, sie waren so unerwartet gekommen. Sie hob eine Hand, strich sich das Haar glatt und schob sich eine Strähne hinter das Ohr. „Nein, aber vielen Dank."

„Gern."

Das Essen kam und während sie aßen, sprach Sam über seine Pläne, die Ranch weiter auszubauen, mehr Tiere anzuschaffen und vielleicht eines Tages das Haus durch Anbauten zu erweitern. Sie fragte sich, ob er das Haus vergrößern wollte, weil er an Kinder dachte oder dass er die Ranch vielleicht deswegen weiter ausbauen wollte, um sie später an seine Kinder zu vererben. Vor ihrem inneren Auge sah sie sie herumrennen und mit ihrem Vater spielen. Bei diesem Gedanken schmerzte ihr Herz vor Sehnsucht. Sam war so ein guter Mann. Sie hoffte immer mehr, dass in seinem Herzen Platz für sie war. Und für Kinder.

* * *

Als sie sich nach dem Essen auf den Weg zu Trey und Lucy Jones machten, hielt Sam ihr seinen Arm hin und sie legte ihre Hand in seine Armbeuge. Zum Haus des Sheriffs und seiner Frau war es nicht weit. Sam genoss die Gesellschaft seiner Frau. Er bemerkte, dass ihm das merkwürdige Gefühl, das ihn immer überkam, wenn sie ihn berührte, langsam vertraut wurde. Auch jetzt spürte er es wieder, als Reaktion seines Körpers auf ihre Hand, die in seiner Armbeuge ruhte.

„Es ist ein schöner Tag für einen Spaziergang", sagte er und spürte, wie er sich entspannte. *Wann war er das letzte Mal so gelöst gewesen?*

„Das stimmt. Und es ist schön, Zeit mit dir zu verbringen."

Ihre leisen Worte ließen ihn seine Schritte verlangsamen. „Mir geht es genauso. Aber die Bewirtschaftung der Ranch bringt eine Menge Arbeit mit sich. Um all das zu schaffen, sind die Tage meistens zu kurz und obwohl mir Gil hilft, dauert es ewig, eine Herde aufzubauen und den Zaun zu errichten, damit sie nicht fortlaufen."

„Ich weiß das. Ich wollte mich nicht beschweren. Ich habe nur gemeint, dass mir das alles sehr viel bedeutet."

Er blieb stehen und drehte sich zu ihr um. Seine Hand schien ein Eigenleben zu entwickeln und umfasste ihren Kiefer. Er berührte ihren weichen Nacken leicht mit seinen Fingerspitzen und spürte, wie sie schluckte, so als ob sie nervös wäre. Ihre leuchtend blauen Augen weiteten sich. „Du überraschst mich immer wieder", sagte er und spürte Emotionen, die er nicht einordnen konnte.

„Ist das gut?" Besorgt sah sie ihn an.

„Ja." Er gluckste. „Sehr gut."

Sie sah ihn mit offenem Mund an. „Du hast gelacht." Ein strahlendes Lächeln glitt über ihr Gesicht. „Das solltest du öfter machen."

Er kniff die Augen zusammen. „Du hast recht. Das sollte ich wirklich." Er strich mit dem Daumen sanft über ihre Haut. „Ich denke, jetzt, wo du bei mir bist, sollte das kein Problem sein", murmelte er und küsste dann sanft ihre geöffneten Lippen. Er spürte, wie sie Luft holte und zog sich zurück, als ihm bewusst wurde, dass sie mitten auf der Straße und ganz in der Nähe des Platzes standen.

Ihre Augen funkelten und füllten sich mit Tränen. „Das macht mich glücklich."

„Dann weine nicht", sagte er, während ihn der Anblick ihrer sich mit Tränen füllenden Augen in Panik versetzte.

Sie schniefte und ihr Lächeln wurde noch breiter.

„Das will ich auch gar nicht. Es tut mir leid. Erst gestern und dann heute. Ich hatte nicht damit gerechnet, dass wir gemeinsam in die Stadt fahren würden und dann sagst du Dinge, mit denen ich nicht gerechnet habe. Ich bin nur ein bisschen überwältigt."

„Dann lass das, entspann dich. Komm, lass uns weitergehen. Lucy wartet auf dich und dann könnt ihr gemeinsam die Bäckerei besuchen und du kannst dich mit den Frauen unterhalten."

Er lief los und sie ging neben ihm her. Als sie um die Ecke bogen, erblickten sie Lucy, die auf der Veranda ihres Hauses saß. Eine Hand ruhte schützend auf ihrem Bauch. Janie, das kleine Mädchen, rannte mit einem Stock über den Hof, den sie hoch in die Luft hielt und an dem ein buntes Band befestigt war.

Er blieb am Zaun stehen und plötzlich drängte sich ein anderes Bild in seine Gedanken. Megan, die auf seiner Veranda saß und einen Säugling in den Armen hielt, während ein etwas älteres Kind auf dem Hof spielte. Seine Knie wurden schwach.

„Hallo", rief Lucy und Janie wirbelte herum und sah sie an.

„Geht es dir gut?", fragte ihn Megan.

„Ja, es ist alles in Ordnung." Er öffnete das niedrige Gartentor und hielt es ihr auf. „Hallo Lucy. Hallo Janie."

„Hallo", rief Lucy. „Ich soll Ihnen ausrichten, dass Trey im Büro auf Sie wartet."

„Okay. Dann werde ich mal gehen. Ich wünsche den Damen einen angenehmen Nachmittag. Wir sehen uns später im Hotel."

„Okay", sagte Megan und ihre Augen waren noch immer weit aufgerissen, als sie ihn ansah.

Er verspürte den unbändigen Drang, sie in seine Arme zu ziehen, doch das ging wirklich nicht in Anwesenheit eines kleinen Mädchens. Er drehte sich um und ging.

Er musste mit Trey reden. Und Jarred. Er brauchte ihren Rat.

# KAPITEL ACHT

Trey war im Büro, als Sam hereinkam.

„Ich habe gehört, dass du in der Stadt bist. Wie geht es dir?"

Sam runzelte die Stirn. „Nicht so gut. Wie hast du das gemacht? Ich stecke in der Klemme."

Trey lachte, lehnte sich in seinem Stuhl zurück und musterte ihn. „Lass mich raten, du redest von deiner neuen Frau?"

„Ja. Ich bewirtschafte eine Ranch. Ich arbeite den ganzen Tag. Mein Tagesablauf ist geregelt und nun habe ich plötzlich das Gefühl, völlig neben mir zu stehen." Er begann, auf und ab zu gehen, als alles, was er bisher unter Verschluss gehalten hatte, an die Oberfläche drängte.

„Ich kenne dieses Gefühl. Mir ging es genauso."

„Wirklich? Ich fühle Dinge, die ich noch nie zuvor gefühlt habe. Wenn sich ihre Augen mit Tränen füllen, dann habe ich das Gefühl, mich hätte ein Bulle in die Brust getreten. Und ich sehe Kleinkinder vor meinem inneren Auge. Und alles, woran ich denken kann, ist, sie in meine Arme zu ziehen und... nun, es ist nicht richtig, über das zu sprechen, was ich fühle. Ich weiß nicht, was ich tun soll."

Er blieb stehen und ließ sich auf den Stuhl gegenüber von Trey sinken. Dieser sah ihn verständnisvoll an.

„Hast du... habt ihr... die Ehe vollzogen?"

„Nein. Ich fand nicht, dass ich das tun sollte. Es fühlte sich nicht richtig an. Sie verdient einen Ehemann, der sie aufrichtig liebt."

„Heißt das, dass du nicht mehr ihr Ehemann sein willst?"

„Nein, ich mache mir nur Sorgen darüber, dass ich

nicht so bin, wie sie sich das wünscht."

„Du siehst Kinder vor deinem inneren Auge. Meinst du nicht, dass das heißt, dass du dich in sie verliebt hast?"

„Ich, ich…" Er machte eine Pause. „Ja."

„Warum machst du dir dann Sorgen? Sie hat dich geheiratet. Sie ist hierhergekommen, um dich zu heiraten."

„Sie ist hergekommen, um den Mann zu heiraten, der ihr in meinem Namen geschrieben hat."

„Aber sie hat dich geheiratet. Vergiss das nicht. Auch Lucy und ich hatten einen schwierigen Start. Dieser Kuppler ist überraschend gut darin, Menschen zusammenzubringen. Ich will dir nichts vormachen – zunächst waren auch wir überwältigt. Aber wir haben unseren Weg gefunden und ich denke, das werdet ihr auch."

Sam fiel es schwer, dass zuzugeben, aber er hatte Angst. Trotzdem beschloss er, seine Gedanken offenzulegen. „Was ist, wenn ich mich in sie verliebe und Megan dann merkt, dass sie einen Fehler gemacht hat, als sie hierherkam?"

Trey sah ihn bestürzt an. „Du hast dich in sie verliebt und willst das für dich behalten?"

„Nein. Ich meine, ja, ich habe mich in sie verliebt. Und nein, das werde ich nicht für mich behalten. Aber ich habe Bedenken – was ist, wenn sie es am Ende hasst, bei mir zu wohnen? Sie war gerade mal eine Woche dort und hatte bereits Tränen in den Augen und wollte in die Stadt fahren. Sie hat es nicht ertragen, so lange dort draußen zu sein. Und das war erst die erste Woche."

„Sie wird sich daran gewöhnen. Und du bringst ihr bei, wie man mit der Kutsche fährt. Dann kann sie allein in die Stadt fahren, wenn sie etwas benötigt."

„Ich weiß nicht. Es ist eine lange Fahrt, die sie allein bewältigen müsste."

„Das müsst ihr untereinander klären, aber ihr werdet eine Lösung finden. In die Stadt zu kommen und hier zur Kirche zu gehen und wie morgen zum anschließenden Picknick wird ihr helfen."

„Vielleicht hast du recht."

„Es wird schnell normal für dich sein, das sie dort draußen bei dir wohnt, wenn ihr euch erst aneinander gewöhnt habt. Und deine Gefühle für sie werden dir dabei helfen."

Er dachte darüber nach. Wenn er dem Drang, sie in seinen Armen halten zu wollen, nachgäbe, würde ihr das vielleicht dabei helfen, sich dort draußen nicht mehr ganz so allein zu fühlen. Der Gedanke gefiel ihm und er spürte, dass sich sein ganzer Körper für diese Idee erwärmte. „Ich werde versuchen, das zu tun."

„Versuchen? Das sollte doch nicht allzu schwer sein. Auch wenn es für einen Mann wie dich, der daran gewöhnt ist, allein zu sein, womöglich etwas schwieriger ist."

„Umso länger ich darüber nachdenke, desto mehr wird mir klar, dass ich mit unserer Heirat auch eine Verantwortung für ihre Bedürfnisse übernommen habe."

Trey lächelte. „Ich glaube, du machst dich. Denke auch an sie und nicht nur an dich. Du musst deine Komfortzone verlassen. Jarred hat mir geholfen, das zu verstehen."

Sam wusste, dass Trey und Pfarrer Andrews gute Freunde waren und so kam es ihm ganz natürlich vor, dass er den Pfarrer beim Vornamen nannte. „Mit ihm sollte ich auch sprechen."

„Das kann sicher nicht schaden."

\* \* \*

Die Bäckerei war wunderschön. Die Wände waren weiß getüncht und auf der Theke standen lauter Glaskästen, sodass man die Köstlichkeiten darin sehen konnte. Als Megan mit Lucy und Janie den Laden betrat, erklang aufgeregtes Stimmengewirr.

„Schaut mal, wen wir da haben", rief Mrs. Mulberry und klatschte in die Hände, während sie hinter der Theke hervorgeeilt kam. „Wir freuen uns so sehr, dass Sie zu uns gekommen sind. Essie Jane, komm und sieh, wen Lucy mitgebracht hat."

„Wir sind wirklich froh darüber, dass Sie in die Stadt gekommen sind." Auch Gabby kam zu ihr und umarmte sie. „Geht es Sam und Ihnen gut?", fragte sie ermutigend.

Bevor sie antworten konnte, hörte sie eine Frau nach Luft schnappen. „Oh, oh, oh." Eine winzige, dünne Frau kam aus der Küche geeilt. Sie wischte sich die Hände an ihrer Schürze ab und eilte zu Megan. „Wir haben über Sie gesprochen." Sie warf ihre zerbrechlich wirkenden Arme um Megan und umarmte sie sanft. „Geht es Ihnen da draußen gut?"

Megan betrachtete die Frauen überrascht und gerührt. „Ich freue mich darüber, euch alle kennenzulernen. Eure herzliche Begrüßung ist eine Wohltat."

„Sie kommt von Herzen, das kann ich Ihnen versichern", sagte Mrs. Mulberry.

„Wir sind mit ihr hierhergekommen, um einen Kuchen zu kaufen." Janie drehte sich lächelnd zu ihnen um. Sie hatte die Süßigkeiten in den Glaskästen betrachtet. „Kann ich auch einen haben, Mama?"

„Ja, kannst du", sagte Lucy. „Such dir etwas aus und Gabby gibt es dir. Du kannst ihn essen und dann mit dem Puppenhaus spielen, während wir uns unterhalten. Wie findest du das?"

„Gut. Ich liebe Mrs. Mulberrys Puppenhaus."

Stolz lächelte Mrs. Mulberry Megan an. „Das Puppenhaus hier für die Kleinen aufzustellen, war eine meiner besseren Ideen", sagte sie in die Runde.

„Die Bäckerei war auch eine Ihrer besseren Ideen", sagte Gabby. „So habe ich einen Job bekommen und wir haben bereits eine Menge Leute sehr glücklich machen können."

„Inklusive mir", sagte Essie Jane. „Seitdem es die Bäckerei gibt, kann ich auch noch etwas anderen tun als immer nur zu quilten. Manchmal treffen wir uns sogar hier mit der Handarbeitsgruppe. Es gibt doch nichts besseres, als zu quilten und gleichzeitig gutes Gebäck zu sich zu nehmen. Sie müssen ab und zu in die Stadt kommen und sich uns anschließen."

Glücklich und überwältigt von der herzlichen Begrüßung, die man ihr hier bereitet hatte, suchte sie nach Worten. „Ich hoffe, dass das möglich sein wird. Es ist nur so ein weiter Weg. Und Sam arbeitet die ganze Zeit, daher müsste ich alleine in die Stadt kommen. Ich bin mir nicht sicher, ob ich das kann."

„Nehmen Sie Platz. Ich werde Kaffee und einen Teller mit Gebäck holen und dann suchen wir gemeinsam nach einer Lösung", sagte Mrs. Mulberry. „Sie werden sich an das Leben hier draußen gewöhnen.

Wenn man aus der Stadt kommt, fühlt es sich zu Beginn etwas überwältigend an, aber mit einer Kutsche und einem guten Pferd ist auch der Weg zu schaffen. Oder wir kommen vorbei und besuchen Sie dort."

Die Zuversicht, die die ältere Frau bezüglich ihrer Fähigkeiten an den Tag legte, verlieh ihr neuen Mut. Im Ernst, warum war sie auf einmal so ängstlich? Schließlich hatte sie den ganzen Weg hierher allein mit der Postkutsche zurückgelegt – da konnte sie ja wohl auch für ein paar Stunden eine Kutsche lenken.

Sie setzten sich und Ambrosia – man sagte ihr, so solle sie Mrs. Mulberry nennen – und Essie Jane hatten in Sekundenschnelle Essen und Kaffee herbeigebracht. Janie summte in der Ecke vor sich hin, wo sie mit dem Rücken zu ihnen mit dem reizenden Puppenhaus spielte. Die ganze Situation strahlte eine ungemeine Behaglichkeit aus.

Sie nahm einen der köstlichen Kirschscones und wartete, bis sich auch die anderen Frauen von dem Gebäck genommen hatten. Sie gab Sahne und Zucker in ihren Kaffee und nippte daran. „Genau das habe ich gebraucht." Diese Gruppe Frauen vermittelte ihr ein rundum positives Gefühl. „Vielen Dank."

„Ich auch", sagte Lucy. „Janie und ich backen zwar auch, aber es schmeckt einfach besser, wenn es jemand anderes zubereitet hat." Sie seufzte, als sie in ein Stück Pfirsichgebäck biss. „Meine Damen, das ist fantastisch."

„Das Rezept ist von Ambrosia", sagte Essie Jane. „Sie hatte schon immer ein Händchen für Gebäck. Megan, wie schmeckt Ihnen der Scone? Ich finde ja, sie sind unschlagbar. Und Ihr Sam liebt sie."

„Mein Jarred liebt sie auch." Gabby lächelte, als Megan in den Scone biss.

„Oh du meine Güte", murmelte sie, als sich der Geschmack nach Kirschen in ihrem Mund ausbreitete. „Köstlich."

„Ja, das sind sie." Lucy lachte. „Trey liebt sie auch. Sie müssen verstehen, dass Ambrosia bereits den Weg in die Herzen unserer Ehemänner gefunden hatte, bevor wir das taten. Sie lieben sie."

„Und ich liebe sie. Das ist einer der Gründe dafür, wieso ich auf den Gedanken gekommen bin, eine Bäckerei zu eröffnen. Hier an der texanischen Grenze gibt es so viele alleinstehende Männer, die ein wenig Süße in ihrem Leben brauchen. Ich mag den Gedanken, dass es einen Ort gibt, an den sie kommen können, wenn sie in der Stadt sind und an dem sie etwas Gebäck oder auch einen ganzen Kuchen kaufen können, wenn sie Lust darauf haben."

„Ich werde lernen müssen, wie man sie bäckt oder ein paar mit nach Hause nehmen. Ich habe ein paar Zutaten gekauft, die es mir ermöglichen, ihnen etwas Süßes zu backen. Sam und Gil haben da einen gewissen Nachholbedarf. Wenn sie hier nichts gekauft haben, haben sie sich hauptsächlich von Bohnen, Speck und Trockenfleisch ernährt."

Ambrosia sah sie gewitzt an. „Wer auch immer dieser Kuppler ist, er muss von der Not dieser beiden Männer gewusst haben. Und Sie sind genau die Richtige, um sie zu retten."

Plötzlich dachte sie, dass Mrs. Ambrosia Mulberry gut der geheimnisvolle Kuppler sein konnte. Offenbar stand ihr diese Überlegung überdeutlich ins Gesicht geschrieben.

„Nein, ich bin es nicht", erklärte die entzückende

Dame. „Das haben schon eine ganze Menge Leute gedacht, aber ich kann Ihnen versichern, dass ich es nicht bin. Aber ich helfe dieser geheimnisvollen Person gern, wann immer ich kann. Ich finde es ganz reizend, dass nun all ihr wundervollen, tapferen Frauen hier herauskommt. Und wer auch immer dieser Kuppler ist, bisher hat er sehr gute Männer als Bräutigame ausgesucht. Das freut mich und ich versuche immerzu, herauszufinden, wer der nächste sein wird, wenn es denn einen weiteren Mann geben wird. Deputy Donavan könnte sicherlich eine Frau gebrauchen. Der arme Kerl kann nicht kochen und lebt in einem winzigen, farblosen Haus am Stadtrand."

„Ich glaube, ihn würde der Schlag treffen, wenn plötzlich eine Braut für ihn vor seiner Tür stehen würde", sagte Lucy. „Aber es wäre schön. Er ist Trey eine große Hilfe und kümmert sich um die ganze Stadt."

Megan freute sich darüber, dass sie sich alle so positiv über Sam äußerten. Er war ein guter Mann und sie hatte es von Anfang an gewusst. Sie war stolz darauf, seine Frau zu sein. Den Deputy hatte sie noch nicht kennengelernt, aber auch über ihn hörte sie nur Gutes. „Auch ich freue mich sehr darüber, hier zu sein. Und ich werde mich eingewöhnen. Es wäre nur schön, wenn Sams Ranch etwas näher liegen würde."

„Wissen Sie was", Gabbys Augen funkelten. „Jarred und ich werden bald damit beginnen, ein Haus zu bauen. Das Grundstück liegt ein paar Meilen außerhalb der Stadt in eure Richtung. Wir leben dann eine Stunde näher bei euch. Außerdem leben in eurer Nähe noch zwei weitere alleinstehende Cowboys. Vielleicht erhört der Kuppler ja Ihren Wunsch und schickt den beiden jemanden. Dann hätten Sie weitere Nachbarn."

Dieser Gedanke munterte sie auf. „Das wäre wundervoll. Je mehr Frauen hier rauskommen, desto besser wird es."

Essie Jane strahlte. „Und dann gibt es da schließlich auch noch Gil. Aus dem Jungen ist inzwischen auch ein Mann geworden."

„Das stimmt." Megan kicherte. „Vielleicht suche ich selbst eine Versandbraut für ihn aus. Er ist schon zwanzig. Er wirkt nur immer so viel jünger als Sam."

„Sam hat schon immer den Hauptteil der Verantwortung getragen und das lässt einen Mann älter wirken." Ambrosia nippte an ihrem Kaffee. „Deshalb habe ich mich ja so gefreut, als Sie in die Stadt gekommen sind. Ich habe ihn seitdem noch nicht gesehen, aber ich habe gehört, dass er schon viel fröhlicher aussieht."

„Dem stimme ich zu", sagte Lucy. „Als er heute in den Laden kam, da hatte er nur Augen für Sie. Und als ihr beide zu unserem Haus kamt, da habt ihr unglaublich glücklich gewirkt. Seid ihr glücklich?"

Megan atmete tief ein und versuchte, zur Ruhe zu kommen. „Um ehrlich zu sein, habe ich etwas Angst." Sie beugte sich vor und flüsterte: „Im Moment koche ich lediglich für ihn."

Bis auf Lucy starrten sie alle mit offenem Mund an.

„Ihr habt gar nicht...", setzte Ambrosia an, ließ den Rest des Satzes aber in der Luft stehen.

„Das ist richtig", sagte Megan leise. „Wenn es so weitergeht, dann werde ich nie die Familie bekommen, die ich mir so sehr wünsche. Ich weiß nicht, was ich deswegen unternehmen soll. Er hat mich gestern zum zweiten Mal seit unserer Hochzeit geküsst." Seine sanfte Berührung früher am Tag erwähnte sie nicht, sie verwirrte sie immer noch zu sehr.

„Das ist ein gutes Zeichen", sagte Lucy. „Vielleicht braucht er nur etwas Zeit, um sich an die Situation zu gewöhnen. Sie müssen bedenken, dass er von Ihrer Ankunft überrascht wurde. Sie hatten sich darauf vorbereitet. Ich denke, daran sollten Sie immer denken."

„Das ist richtig", stimmte Ambrosia ihr zu.

Auch Essie Jane war ihrer Meinung und brachte das mit einem herzlichen Kopfnicken zum Ausdruck. „Wie wahr. Sie müssen nur dafür sorgen, dass er sich glücklich schätzt, dass Sie ein Teil seines Lebens sind."

Sie hatten recht. Er hatte zugestimmt, sie zu heiraten, aber vielleicht musste er sich tatsächlich an die neue Situation gewöhnen. Vielleicht waren der Kuss und der Umstand, dass er sie in die Stadt mitgenommen hatte, Anzeichen dafür, dass er sich daran gewöhnte, verheiratet zu sein. Je mehr sie dafür sorgte, dass er sich darüber freute, dass sie ein Teil seines Lebens war, umso besser.

„Ich danke euch allen. Ich wusste, dass ich etwas weibliche Unterstützung brauche, um das alles zu verstehen. Ich werde die beste Ehefrau sein, die er sich nur vorstellen kann und bete darum, dass er sich in mich verliebt."

„Es wird sich alles finden", versicherte ihr Gabby.

Sie hoffte, dass es das tun würde und obwohl sie skeptisch war, würde sie alles in ihrer Macht Stehende tun, damit es dazu kam.

# KAPITEL NEUN

Er war gerade auf der Suche nach dem Pfarrer, als er ihn auf der anderen Straßenseite entdeckte.

„Hi, Sam", rief Jarred, als er ihn erblickte. „Es freut mich, dass du in der Stadt bist. Ich habe darüber nachgedacht, Gabby nächste Woche zu euch zu bringen, damit deine Frau etwas Gesellschaft hat, aber nun bist du ja hier. Ich nehme an, du hast Megan mitgebracht, oder?"

„Ja, das habe ich. Sie braucht noch etwas Zeit, um sich an das Leben dort draußen auf der Ranch zu gewöhnen. Außerdem hat sie mich darum gebeten, in die Kirche zu gehen. Und da unsere Vorräte ohnehin zur Neige gingen, dachte ich, es wäre eine gute Idee, in die Stadt zu kommen."

„Gut. Ich weiß, dass dir diese Zeit für die Arbeit auf der Ranch fehlt, aber es freut mich, dass du die Bedürfnisse deiner Frau ernst nimmst."

„Ich bin dabei, es zu lernen. Ich habe gerade mit Trey geredet und davor war ich im Futtermittelladen und auch die alten Männer haben gesagt, dass ich an sie denken muss. Und das tue ich auch. Aber um ehrlich zu sein, weiß ich nicht genau, was ich tun soll. Ich wollte mit dir und Trey darüber sprechen, schließlich habt ihr euch in derselben Situation befunden."

Jarred grinste. „Du musst um sie werben. Das habe ich getan und Trey auch. Es hilft. Ich weiß, ihr seid bereits verheiratet, aber trotzdem braucht ihr Zeit, um einander kennenzulernen. Morgen ist doch die Veranstaltung von der Kirche, das gibt euch beiden die perfekte Gelegenheit, Spaß zu haben, ohne dass die Arbeit dazwischenkommt. Das Ganze wird ein richtiges Fest. Nehmt daran teil und amüsiert euch. Es wird euch guttun und euch dabei helfen, euren eigenen Weg zu finden."

Jarred verabschiedete sich kurz darauf und ging und Sam blieb zurück, den Kopf voll von dem, was der Pfarrer gesagt hatte. Er wusste nicht, wie man eine Frau umwarb. Er hatte immer gearbeitet und den Ausbau der Ranch vorangetrieben, aber er kam zu dem Schluss, dass er sicher lernen könnte, Megan zu umwerben. Er wartete in der Lobby auf sie, nachdem er das Hotel erreicht hatte.

Er stieß auf Gil, der gerade aus dem Speisesaal trat und grinste. „Ich habe mir ein äußerst leckeres Steak genehmigt." Er rieb sich den Bauch.

„Warum hast du nicht gewartet und mit Megan und mir zusammen zu Abend gegessen?"

„Wir essen doch ohnehin jeden Abend gemeinsam. Ich dachte mir, ihr zwei würdet vielleicht gern mal ohne mich essen. Wo ist Megan?"

*Sein kleiner Bruder war offenbar nicht auf den Kopf gefallen.* „Danke für deine Umsichtigkeit. Sie ist in der Bäckerei und trifft sich dort mit ein paar Frauen. Was hast du heute gemacht?"

„Ich bin zum Mietstall gegangen und habe mit Levi gesprochen. Er hat gerade ein neues Zuchtpferd gekauft. Er wird bald mit der Zucht beginnen und ich habe darüber nachgedacht, mir ein Pferd als Investition zuzulegen."

„Wirklich? Hast du schon länger darüber nachgedacht?", fragte Sam. Es überraschte ihn, so etwas von Gil zu hören. Er wertete es als weiteren Hinweis darauf, dass sein kleiner Bruder erwachsen wurde. Levi und er waren ungefähr im selben Alter und miteinander befreundet, seit Levi vor ein paar Jahren in die Stadt gekommen war.

„Nicht allzu lange. Aber jetzt, wo du eine so hübsche Frau hast, habe ich begonnen, darüber nachzudenken, was ich selbst einer Frau bieten könnte."

„Du kannst ihr dasselbe bieten wie ich. Möchtest du auch heiraten?"

„Nicht sofort. Aber Megan ist ein großartiges Mädchen und ich komme nicht umhin, daran zu denken, wie gut es wäre, wenn abends eine nette Frau auf mich warten würde."

„Okay, das ist gut." Mehr sagte er nicht, denn er hatte selbst genug, über das er nachdenken musste. „Pferde zu züchten ist eine gute Idee. Ich bin beeindruckt. Ich mag den Gedanken."

Gil grinste und stand ein bisschen gerader da. „Ich hatte etwas Angst, es zu erwähnen."

„Warum?"

„Weil du immer alles organisierst und ich dann lediglich tue, was du mir aufträgst."

Betroffen sah Sam ihn an. „Es ist auch deine Ranch. Du hast ein Mitspracherecht, Gil. Wenn du Ideen hast, dann möchte ich sie hören."

„Okay", sagte er, während Megan das Hotel betrat.

Sie sah entspannt aus und hielt einen Korb in der Hand, der mit einem bunten Tuch abgedeckt war. Sie hob ihn leicht an. „Ich habe für das morgige Picknick einen Kuchen mitgebracht."

Ihr Lächeln zog Sam in seinen Bann. Sie war wunderschön und das Glück in ihren Augen war nicht zu übersehen. *Würde sie immer so aussehen, wenn sie näher an der Stadt wohnen würden?* Er hatte nie darüber nachgedacht, wie weit draußen seine Ranch lag. Für ihn hatte dieser Umstand meist kein Problem dargestellt, aber nun wünschte er sich, die Ranch läge näher an der Stadt. Ihretwegen, denn diesen Ausdruck in ihrem Gesicht würde er gern so oft wie möglich sehen.

„Was für ein Kuchen ist es denn?" Gil ging zu ihr hinüber und hob das Tuch an. „Der Duft nach Zimt ist köstlich. Kann ich ein Stück haben?"

Sie lachte. „Ja, es ist Zimt und nein, das kannst du nicht. Er ist für morgen."

„Naja, ich dachte, ich frage zumindest mal. Ich werde auf mein Zimmer gehen, sodass ihr etwas Zeit zu zweit verbringen könnt." Er grinste. „Das Hotel ist wirklich hübsch. Ich freue mich schon darauf, es mir in diesem großen, gemütlichen Bett bequem zu machen."

„Mach es dir lieber nicht allzu gemütlich." Sam senkte die Stimme. „Sobald Megan zu Bett gegangen ist, werde ich kommen und die eine Hälfte in Anspruch nehmen."

Gil runzelte die Stirn und zischte: „Sie ist deine Frau. Warum schläfst du nicht mit ihr in einem Bett?"

Das wünschte sich Sam mehr als er zuzugeben bereit war, aber es wäre einfach nicht richtig. *Oder doch?* Er wartete, bis Gil außer Hörweite war, bevor er seine Frau ansah. Ihre Wangen waren gerötet.

„Du könntest in meinem Zimmer schlafen." Sie beugte sich näher zu ihm herüber, damit niemand hören konnte, was sie sagte.

Er erwiderte nichts und sah ihr lediglich in die Augen. Sie konnte nicht wissen, wie nah er daran war, auf ihr Angebot einzugehen. Stattdessen nahm er den Korb aus ihrer Hand und ging mit ihr in den Speisesaal, wo sie zu Abend aßen. Er hörte ihr zu, als sie von ihrem Nachmittag mit den Damen erzählte und wie sehr sie ihre Gesellschaft genossen hatte. Er war es völlig zufrieden, ihr gegenüber zu sitzen und sie anzusehen. Sie brauchte mehr davon. Mehr Freunde. Aber wie sollte er das anstellen? Matt Silver war der nächste Nachbar und er arbeitete genauso hart wie Sam und Gil. Sam war sich nicht sicher, wie Matt zum Thema Heiraten stand, aber wenn er sich eine Frau nähme, dann würde das bedeuten, dass es in ihrer Nähe eine weitere Frau gäbe.

Sam fragte sich, ob der geheimnisvolle Kuppler wohl auf Anfrage tätig wurde.

Der Gedanke sorgte dafür, dass seine Lippen zuckten. Ihm fiel auf, wie sehr sich sein Denken verändert hatte seit dem Tag, an dem er den Brief erhalten hatte, in dem ihm mitgeteilt wurde, dass eine Versandbraut für ihn mit der Postkutsche eintreffen würde.

* * *

Als sie das gemeinsame Mahl beendet hatten, bot er Megan seinen Arm an und nachdem sie sich bei ihm eingehakt hatte, gingen sie zusammen auf die Treppe zu. Den Korb mit dem Kuchen darin hielt er in der anderen Hand. Mit jedem Schritt die Treppe hinauf raste sein Puls etwas schneller. Er überlegte fieberhaft, was er tun sollte und gewann den Eindruck, dass die Raumtemperatur merklich angestiegen war, als sie sich dem zweiten Stock und damit den Zimmern, die er gemietet hatte, näherten. Als sie die Tür zu ihrem Zimmer erreichten, kam es ihm so vor, als wäre die

# EINE VERSANDBRAUT FÜR DEN VIEHZÜCHTER

Hitze unerträglicher als im Juli in Texas während einer Dürre. Er hoffte, dass er nicht furchtbar schwitzte, aber feucht war seine Stirn auf jeden Fall.

Unter anderem machte er sich Gedanken darüber, was die Leute in der Stadt wohl denken würden, wenn sie herausfänden, dass er sich ein Zimmer mit seinem Bruder geteilt hatte. Sicher würden sie denken, dass die Dinge zwischen ihm und Megan nicht gut liefen. *Vielleicht würden sie denken, dass er und seine Frau sich gestritten hatten. Oder dass er sie nicht attraktiv fand. Wie würde sich Megan fühlen, wenn er bei Gil bliebe?*

Er hielt inne. Zum ersten Mal dachte er daran, wie es ihr wohl mit der Situation gehen mochte. Sie hatte ihm angeboten zu bleiben. Das Bett war wirklich groß. Er konnte auf der einen und sie auf der anderen Seite schlafen. Als er den Kuchen ins Zimmer trug und die Tür hinter sich schloss, bemerkte er, dass auch eine Couch in dem Raum stand. Die hatte er völlig vergessen. Dann sah er seine Tasche, die neben ihrer auf dem Boden stand.

Sie drehte sich zu ihm um und sah ihn unsicher an.

Er schluckte schwer.

„Es macht mir nichts aus, wenn du im selben Raum schläfst wie ich. Du bist mein Ehemann."

Sie hatte recht, aber er traute sich selbst nicht. „Ich bringe meine Sachen hinüber und schlafe bei Gil."

Er konnte sehen, dass er sie verletzt hatte. Sein Herz donnerte. Sie war seine Braut. Sie waren seit über einer Woche verheiratet.

Aber er wollte sie umwerben.

Er wollte das Richtige tun. Doch er sah, dass er ihr wehgetan hatte.

„Bitte warte." Er blieb stehen und drehte sich wieder zu ihr um. „Ich weiß, dass ich nicht die bin, nach der du gesucht hast. Und ich weiß, dass du mich nicht hier haben wolltest. Aber ich verspreche dir, dass ich versuchen werde, dir die Frau zu sein, die du dir wünschst. Ich habe heute mit Gabby und Lucy gesprochen. Ich habe ihnen nicht alles erzählt, aber ich habe ihnen gesagt, dass wir die Ehe bisher nicht vollzogen haben. Dass ich nur für dich koche und putze. Aber ich habe ihnen gesagt, dass ich Kinder möchte und befürchte, dass ich niemals welche bekommen werde."

Er hatte geahnt, dass sie mit den Frauen darüber sprechen würde, so wie er mit Trey und Jarred gesprochen hatte, aber trotzdem störte ihn der Gedanke, dass die Frauen jetzt über sein Privatleben Bescheid wussten. Doch er selbst hatte schließlich dasselbe getan, daher stand es ihm nicht zu, sich darüber zu ärgern. Außerdem, wenn er ihr häufiger die Gelegenheit gegeben hätte, ihren Gefühlen Ausdruck zu verleihen, dann hätte sie vielleicht gar nicht mit den Frauen darüber gesprochen. „Verstehe. Und was haben sie gesagt?"

„Sie haben gesagt, dass ich absolut ehrlich zu dir sein soll. Also bin ich ehrlich. Ich hätte gerne ein Baby. Aber das wird nie geschehen, wenn du für immer in einem anderen Raum schläfst. Findest du mich nicht attraktiv?" Sie sah zu Boden. Ihm wurde schlecht.

Sie dachte, er würde sie nicht attraktiv finden. Dass er sie nicht wollte.

Er ging zu ihr und bevor sie noch etwas sagen konnte, nahm er sie in die Arme und bedeckte ihre

Lippen mit seinen, ihr Geständnis hatte ihm Mut gemacht. Sie zögerte, lehnte sich dann an ihn und erwiderte seinen Kuss, so wie sie das auch am Vortag getan hatte. Er zog sie noch näher an sich und verlor sich in diesem Augenblick.

Es fiel ihm schwer, klar zu denken, er bemerkte nur, wie wunderbar es war, sie zu küssen. „Ich will dich. Ich wollte dir nur Zeit geben, um dich einzuleben."

„Ich habe mich eingelebt", hauchte sie gegen seine Lippen.

Mehr brauchte er nicht, um eine Entscheidung zu fällen. „Bist du dir sicher?", flüsterte er und sah ihr in die Augen.

Sie nickte und er schlang seine Arme um sie und trug sie zum Bett.

# KAPITEL ZEHN

A m nächsten Morgen fühlte Sam sich, als könne er Bäume ausreißen. Er hatte keine Ahnung gehabt, wie wunderschön es sein würde, mit seiner Frau zusammen zu sein.

*Seiner Frau.*

Es war ein unglaubliches Gefühl gewesen, sie beim Aufwachen in den Armen zu halten. Es hatte ihm deutlich vor Augen geführt, wie allein er gewesen war, bevor sie ein Teil seines Lebens geworden war. Nachdem sie sich angezogen hatten, zog er sie in seine Arme und hielt sie fest. „Danke für letzte Nacht. Ich bin überglücklich, dass du hier bist."

Als sie ihn daraufhin anlächelte, entfachte das einen Funken in seinem Herzen. Er wollte für sie da sein.

„Vielen Dank. Ich wusste nicht, was mich erwarten würde, aber… es war mehr als ich angenommen hatte."

Ihre Antwort machte ihn glücklich. „Gut. Lass uns jetzt frühstücken und in die Kirche gehen und anschließend zu dem Picknick, auf das du dich schon so gefreut hast."

„Das klingt wunderbar. Heute wird ein herrlicher Tag. Ich bin so froh, dass wir gekommen sind. Vielen Dank."

Ihr Dank fühlte sich falsch an und er legte einen Finger auf ihre hübschen, perfekten Lippen. „Danke mir nicht mehr, okay? Ich hätte dich schon früher fragen sollen, ob du gern in die Stadt fahren willst. Ich hätte dich nicht die ganze Woche über in dem Glauben lassen sollen, dass ich mich nicht für dich – für uns – interessiere. Ich habe viel Arbeit zu erledigen, aber von jetzt an werde ich versuchen, deinen Wünschen so häufig wie möglich nachzukommen. Vielleicht wirst du mir ab und zu einen Schubs geben und mir sagen müssen, was du brauchst. Ich muss erst noch lernen, was ich als Ehemann zu tun habe."

Sie lächelte und legte einen Arm um seine Taille. „Auch ich werde versuchen, dir eine gute Ehefrau zu sein. Auch ich muss noch viel lernen."

Er küsste sie auf ihre lächelnden Lippen und hätte gern Kirche und Picknick sausen lassen und den Tag hier mit ihr in diesem Zimmer verbracht. Doch das wäre nicht richtig. Also ließ er sie los und ging zur Tür. Es war an der Zeit, diesen Raum zu verlassen.

* * *

Megan fühlte sich schwerelos, als sie gemeinsam mit ihrem Mann das Zimmer verließ. Ihre gemeinsame Nacht war wundervoll gewesen. Schon der Gedanke daran sorgte für eine angenehme Wärme auf ihrer Haut. Auf der Treppe begegneten sie Gil.

Dieser zog eine Augenbraue hoch und blickte seinen Bruder an. „Ich bin froh, dass du dich entschieden hast, in deinem eigenen Zimmer zu schlafen. Es war ein Vergnügen, das ganze große Bett für mich zu haben."

Sie wurde rot, als Sam seinem kleinen Bruder einen leichten Schubs gegen die Schulter gab. „Ich teile mein Bett zehnmal lieber mit meiner Frau als mit jemandem wie dir."

Gil grinste und ihre Wangen fühlten sich noch etwas heißer an, aber sie freute sich über Sams Worte. Ihr Leben schien sich wunderbar zu fügen und alles fühlte sich angenehm und erstaunlich an. Gott war gut.

Sie frühstückten im Restaurant und gingen dann in die Kirche. Pfarrer Andrews hielt eine wunderbare Predigt, in der er darüber sprach, wie Gott die Kirche geschaffen hatte, um die Menschen dazu zu ermutigen, zu einer Gemeinschaft zusammenzukommen. Erstaunt stellte sie fest, dass Sam bei diesen Worten sanft ihre Hand drückte, die er bereits den ganzen Gottesdienst über hielt. Sie hatte das Gefühl, als würde Pfarrer Andrews die Predigt nur für sie halten, um sie daran zu erinnern, dass es richtig gewesen war, in die Stadt zu kommen, um an der Gemeinschaft der Städter teilzuhaben. Sie spürte aus ganzem Herzen, wie ihr Leben ins Lot geriet. Spürte, dass hier das Leben auf sie wartete, von dem sie geträumt hatte, seit sie beschlossen hatte, vor dem Mann davonzulaufen, der ihr Leben unweigerlich ruiniert hätte. Dankbar dachte sie an den Moment, in dem sie die Anzeige entdeckt hatte. Und sie wusste, dass sie dem geheimnisvollen Menschen, der sie aufgegeben hatte, für immer zu Dank verpflichtet wäre.

* * *

wNach der Kirche fand das Picknick statt. Sie breiteten eine Decke auf dem Boden aus und Sam half ihr, sich darauf niederzulassen. Er hielt ihre Hand, als sie ihre Röcke ausbreitete und dann setzte er sich zu ihr und den Tellern, die mit all den Köstlichkeiten beladen waren, die die Gemeindemitglieder mitgebracht hatten. Gil hatte sich zu der Gruppe alleinstehender Männer begeben, die von recht beträchtlicher Größe war. Es gab deutlich weniger Paare als alleinstehende Männer. Das war ihr auch schon in der Kirche aufgefallen;

hinzu kam noch, dass wahrscheinlich auf jeden alleinstehenden Mann, der dem Gottesdienst beigewohnt hatte, noch weitere kamen, die nicht anwesend gewesen waren. Sie dachte daran, wie beschwerlich es war, aus den umliegenden Gegenden in die Stadt zu kommen und erneut wurde ihr eindrucksvoll klar, wieso der Kuppler das alles tat. Bereits gestern hatten sie und die Damen darüber gesprochen. Sweet, Texas würde aufhören zu existieren, wenn keine Frauen und Kinder dafür sorgten, dass die Stadt überlebte.

„Das gebratene Huhn ist wunderbar", sagte sie. „Jetzt, wo ich wieder frische Vorräte habe, kann ich ganz neue Gerichte für euch kochen. Aber um Hühner für euch zu braten, werden wir welche halten müssen."

Sam nahm einen Hühnerschenkel und nickte. Als er fertig gekaut hatte, ergriff er das Wort. „Wir könnten Hühner anschaffen, wenn du das möchtest."

„Ja. Frische Eier wären ebenfalls ein Segen."

„Dann machen wir das. Ich freue mich schon darauf, von dir zubereitetes Hühnchen zu essen. Du bist eine fantastische Köchin. Das, was du aus dem gekocht hast, was wir vorrätig hatten, lässt mich zu dem Schluss kommen, dass du mit den richtigen Zutaten wahre Wunder vollbringen kannst."

„Vielen Dank. Ich hatte auch nicht angenommen, dass du mich hassen würdest wegen dem, was ich zubereiten werde."

Als er auflachte, breitete sich erneut dieses warme, wohlige Glücksgefühl in ihr aus. „Ich denke nicht, dass diesbezüglich Anlass zu Sorge besteht. Ich könnte dich niemals hassen. Ich weiß nicht, ob es dir aufgefallen ist, aber ich bin dabei, mich in dich zu verlieben, Mrs. McKay."

Ihr Herz machte einen Satz. *War das wirklich wahr?* Sie war sich nicht sicher gewesen, ob die wunderschöne gemeinsame Nacht mehr bedeutete als sein Verlangen, mit ihr zusammen zu sein oder das er vielleicht einfach nur langsam begann, ihr sein Herz zu öffnen, so wie auch sie das tat. Sie hatte keine Erfahrung in Herzensangelegenheiten, war niemals verliebt gewesen oder von einem Freier umworben worden. Das alles war gänzlich neu für sie. Natürlich hatte sie gehofft, dass dies geschehen würde, aber bis zu diesem Moment war sie sich nicht sicher gewesen, ob sie begann, ihm wichtig zu sein.

„Das macht mich so unglaublich glücklich." Endlich hatte sie das Gefühl, dass ihr Leben nun die Zukunft für sie bereithielte, von der sie immer geträumt hatte, mit einem liebevollen Ehemann und Kindern. Und Freunden. Wenn sie mehr Zeit mit ihrem Ehemann verbrächte, würde er sich sicher ebenso in sie verlieben, wie sie das gerade tat.

* * *

Big John ließ seinen Blick über die Menge schweifen. Auf seiner Liste standen weitere Cowboys und er hatte wieder ein paar Briefe verschickt. Es sah so aus, als würden sich die Dinge zwischen Megan und Sam prächtig entwickeln. Das freute ihn. Es war immer eine Erleichterung, wenn die Braut in die Stadt kam und dann heiratete, denn zumindest ein Teil der Schlacht war zu diesem Zeitpunkt bereits gewonnen.

Doch ihm war klar, dass die Entfernung, die zwischen Sams Ranch und der Stadt lag, ein Problem darstellte. Was die Eltern des Mannes veranlasst hatte, so weit draußen zu siedeln, war Big John ein Rätsel. Doch sie hatten ein großes Stück Land erworben und Big John hatte keinen Zweifel daran, dass Sam und Gil eines Tages die Besitzer einer der bestlaufenden Ranches in Texas wären. Sie waren klug und fleißig und das waren nur zwei Gründe dafür, dass Big John beschlossen hatte, sich in Sams Leben einzumischen. Neben der Tatsache natürlich, dass der Mann so einsam gewirkt hatte.

Aber so weit draußen zu leben, war nicht einfach für eine Frau. Da musste er Abhilfe schaffen. Schließlich war er dafür verantwortlich, dass Megan nun so weit entfernt wohnte.

Big Johns Blick fiel auf Matt Silver. Matts Ranch war der von Sam und Gil am nächsten und befand sich nur einen zweistündigen Ritt von der Stadt entfernt. Das war bedeutend besser als der halbtägige Ritt zu Sams Ranch. Eine Frau würde Matt sicher guttun, genauso wie Sam die Ehe gut zu bekommen schien. Natürlich gab es auch noch die offensichtliche Wahl – Gil – wenn man dafür sorgen wollte, das Megan dort draußen mehr Gesellschaft hätte. Doch Gil war beinahe noch etwas jung um daran zu denken, ihn zu verheiraten. Er hatte John noch nicht davon überzeugen können, dass er sich ernsthafte Gedanken um seine Zukunft machte. John fürchtete, dass Gil noch nicht bereit war.

Nichtsdestotrotz hatte er sowohl in Matts als auch in Gils Namen Briefe versandt. Bisher hatte er immer darauf geachtet, dass nicht zwei Versandbräute gleichzeitig in die Stadt kamen, es diesmal aber riskiert, das genau das geschah, als er die Briefe für die beiden versendet hatte. Als er den Brief in Gils Namen verschickt hatte, war er seinem Bauchgefühl gefolgt und nun war John besorgt, dass er womöglich besser nicht auf seine Intuition gehört hätte. Doch die mahnte ihn, sich keine Sorgen zu machen.

Er hoffte, dass er mit seinem Bauchgefühl richtig lag, wie er das normalerweise tat. *Er war schon einer – klang, als wäre er der größte Kuppler aller Zeiten.* Doch das war er nicht; gerade einmal drei erfolgreiche Vermittlungen gingen auf sein Konto, da wurde er besser nicht gleich übermütig. Zum Glück war er bisher nicht entdeckt worden. Er musste sich konzentrieren und dafür sorgen, dass das auch so blieb, schließlich hatte er gerade erst damit begonnen, die jungen Männer unter die Haube zu bringen. Ab und zu überkamen ihn Schuldgefühle, weil er all das hinter dem Rücken der Leute tat. Doch schlussendlich war es das glückliche Lächeln auf den Gesichtern der jungen Paare, was zählte. Und die Liebe, die sie miteinander verband... nun sie tat seinem alten Herzen einfach gut. Nachdem er seine Millie verloren hatte, hatte er etwas gebraucht, das seinem Leben wieder neuen Sinn gab.

Also würde er auch weiterhin den geheimnisvollen Kuppler von Sweet, Texas geben.

Und obwohl er diesen Titel natürlich nur heimlich tragen konnte, erfüllte er ihn doch mit Stolz.

Wer würde ihn schon verdächtigen – einen Riesen von einem Mann?

Die Gerüchte hatten sich auf die kirchliche Handarbeitsgruppe konzentriert – das ergab tatsächlich den meisten Sinn. Sie waren am häufigsten verdächtigt worden, doch er glaubte, dass die Leute den Frauen zu glauben begannen, dass sie nichts damit zu tun hatten, da eine jede von ihnen bestritten hatte, der Kuppler zu sein. Stattdessen suchten die Frauen nun ihrerseits nach Hinweisen bezüglich dessen Identität.

Doch Ambrosia Mulberry und Essie Jane freuten sich unbestreitbar darüber, dass die jungen Frauen in die Stadt kamen. Sie hatten ihm auf vielfältige Weise dabei geholfen, dass die gestifteten Ehen ein Erfolg wurden und den Frauen Mut zugesprochen. So war es bei Lucy und Trey und auch bei Pfarrer Jarred und Gabby gewesen. Er hatte Lucy und Megan am Vortag in der Bäckerei gesehen und vermutete, dass sie auch dieses Mal wieder helfend eingeschritten waren. Die Bäckerei war der perfekte Treffpunkt für die Damen der Stadt – hier konnten sie sich zum Teetrinken, zum Verzehr von Süßigkeiten und zum Zusprechen von Ermutigungen treffen… und zum Klatsch und Tratsch. Männer kamen zwar auch häufig in die Bäckerei und aßen die köstlichen Leckereien, aber sie blieben nicht. Die Bäckerei stellte in mehrfacher Hinsicht ein Wunder dar. Sie war ein Segen.

Gil und Levi, der Besitzer des Mietstalls, schienen in ein wichtiges Gespräch vertieft zu sein. Trotzdem er in Gedanken immer noch bei Matt Silver war, drängte es ihn, herauszufinden, worüber sie sprachen. Auch Levi war einer der Männer, die auf seiner Liste standen. Er war ungefähr so alt wie Gil, so um die zwanzig. Er besaß sein eigenes Geschäft und arbeitete hart, lebte jedoch in einer kleinen Wohnung im hinteren Teil des Stalls, was kein Ort für eine Braut war. Trotzdem war er ein junger Mann mit eigenem Unternehmen und Big John dachte, dass er ihn im Auge behalten sollte.

Und da er gedacht hatte, dass auch er eine Braut brauchen könnte, um seine Pläne zu verwirklichen, hatte er auch in seinem Namen einen Brief geschrieben.

„Wie geht, Gil? Levi?", fragte er, als er sich den jungen Männern näherte. Beide blickten ihn an. Gil grinste leicht. Levi nickte und starrte ihn nachdenklich an und Big John konnte beinahe sehen, wie sein Verstand arbeitete.

„Big John, womöglich sind Sie genau der Mann, mit dem wir reden sollten", sagte Levi. „Ich habe mir einen neuen Hengst gekauft – Sie haben mich vielleicht gesehen, als ich ihn in die Stadt gebracht habe."

„Tatsächlich habe ich dich neulich mit einem hübschen Pferd gesehen. Möchtest du zu züchten beginnen?"

Levi sah ihn stolz an. „Ja, Sir, das möchte ich. Ich weiß nur nicht, ob ich das in meinem Mietstall bewerkstelligen kann. Eigentlich kann ich dort keinen übermütigen Hengst gebrauchen, der alle anderen Pferde stört. Daher habe ich darüber nachgedacht, ein Stück Land zu erwerben, dass sich etwas außerhalb der Stadt, auf dem Weg zu Sams und Gils Ranch, befindet. Gil wird mein erster Kunde sein. Er hat vor, eine Stute zu kaufen und in die Zucht einzusteigen. Zwischen dem Stück Land, das ich kaufen möchte und seiner Ranch liegt nur die Ranch von Matt Silver. Was halten Sie davon, dass ich hier in der Stadt ein Geschäft besitze und anderthalb Stunden entfernt wohne? Halten Sie das für klug oder würden Sie mir eher davon abraten? Ich bin der Meinung, dass ich es schaffen kann, wenn ich jemanden finden kann, der mir dabei hilft."

John grinste. Manchmal war sein Bauchgefühl wirklich überraschend. Seine liebe Millie hatte immer gesagt, dass seine Intuition besser sei als die der meisten Frauen. Ihm gefiel der Umstand, dass sich diese beiden jungen Männer Gedanken um die Zukunft machten; es passte perfekt in seine Pläne. Genau das brauchte die Stadt um zu wachsen und zu gedeihen und je mehr sie das täte, umso besser würde es ihr gehen. Vielleicht würden die Frauen eines Tages sogar hierherkommen, ohne dass er dazu Briefe verschicken musste. „Ich halte das für eine gute Idee. Mit der richtigen Unterstützung könnte es funktionieren. Aber ein Mietstall ist eine Vollzeitbeschäftigung, daher denke ich, dass es eine verlässliche Hilfe sein müsste."

„Das habe ich auch gesagt", fügte Gil hinzu. „Außerdem wird er Hilfe beim Aufbauen der Ranch benötigen. Sam und ich wissen, dass wir all die Arbeit nur bewältigen können, weil wir zu zweit sind."

„Das stimmt", sagte Levi. „Ich denke, es sollte möglich sein, jemanden zu finden, der mir abends und in der Nacht hilft, den Stall im Auge zu behalten. Vielleicht kann ich immer ein paar Tage auf der Ranch arbeiten und dann wieder ein paar Tage in die Stadt kommen und im Stall arbeiten. Hoffentlich können anfallende Arbeiten ein paar Tage warten, wenn ich auf der Ranch bin."

„Einen Versuch wäre es wert."

„Das klingt so, als hättest du einen Plan. Wirst du für das Land ein Angebot abgeben?" Big John kannte die Antwort bereits, als er die Frage stellte.

„Ja, das werde ich tun. Der Plan wird harte Arbeit erfordern und es wird nicht einfach werden, aber vor harter Arbeit habe ich mich noch nie gedrückt."

Big John nickte. Er wusste nicht viel über Levis Vergangenheit, aber er hatte seit dem Tag, an dem er vor ein paar Jahren in die Stadt geritten war, hart gearbeitet. Der alte Mann, dem der Mietstall damals gehört hatte, war krank gewesen und hatte dringend Hilfe gebraucht. Levi hatte bei ihm angefangen und alles gegeben, um den alten Gus zu unterstützen. Big John gefiel es, wie hart Levi gearbeitet hatte und dass er Gus ein gutes Angebot für den Stall gemacht hatte. Sie hatten die Vereinbarung besiegelt und die Zahlungen gingen nun an Gus' Frau, die zu ihrer

Familie in den Norden zurückgekehrt war. Gus hatte Big John anvertraut, dass Levis Erscheinen in der Stadt ein Segen für ihn gewesen sei.

Die meisten Menschen hätten einfach zugesehen, wie es mit dem Geschäft immer weiter bergab ging, da der alte Gus nicht in der Lage gewesen war, es am Laufen zu halten, Dann hätten sie abgewartet, bis er gestorben wäre und den Stall dann zu einem günstigen Preis erworben. Doch Levi hatte sich um den Stall gekümmert und einen anständigen Preis dafür gezahlt. Heutzutage hegte niemand auch nur den geringsten Zweifel daran, ob es sicher war, seine Pferde über Nacht dort zu lassen.

„Denkt ihr darüber nach zu heiraten?", fragte Big John, entschlossen die Lage zu erkunden. Gil sah ihn mit glänzenden Augen an, Levi etwas vorsichtiger.

„Das tue ich", sagte Gil. „Ich kann Ihnen sagen, wenn ich Sam und Megan so sehe, dann denke ich schon, dass es nett wäre, jemanden zu haben, mit dem ich mich – abgesehen von den beiden – unterhalten könnte. Sie ist wirklich nett. Ich mag sie sehr, bin mir aber nicht sicher, ob ich schon bereit bin zu heiraten.

Zwischen den beiden herrscht eine gewisse Anspannung. Auch wenn ich zugeben muss, dass sie gerade sehr glücklich aussehen." Er nickte in die Richtung, in der sein Bruder und Megan auf einer Decke saßen. Sie schienen völlig vertieft in ein Gespräch zu sein und bekamen nichts von dem mit, was um sie herum vor sich ging. „Ich denke, zwischen den beiden wird alles in Ordnung kommen. Auch wenn ich sagen muss, dass ich etwas besorgt war, bevor wir in die Stadt gekommen sind. Abends hat Megan immer ganz traurig ausgesehen und ich glaube, mein Bruder hat das sogar bemerkt. Dann bat sie darum, in die Stadt zu fahren und trotz all der Arbeit, die wir haben, hat Sam eingewilligt. Da hatte ich das Gefühl, dass sich die Dinge nun zum Besseren wenden würden."

Auch Big John fand, dass die Zeichen vielversprechend aussahen. Und der Umstand, dass Gil all diese Kleinigkeiten aufgefallen waren, sorgte dafür, dass es ihm bei dem Gedanken daran, dass er auch für Gil einen Brief geschrieben hatte, gleich besser ging. Dann waren da noch Levi und Matt und Deputy Donavan. Sie alle brauchten eine Frau. Er sah Levi direkt an.

„Was ist mit dir, Levi? Du hast meine Frage nicht beantwortet."

Levi verschränkte seine muskulösen Arme vor der Brust. „Ich sehe, wie all diese Versandbräute in die Stadt kommen, bin mir aber nicht sicher, was ich davon halten soll. Ich weiß nicht, ob ich das könnte. Ich meine, es sieht so aus, als hätte sich bei den Paaren alles zum Guten gewendet, aber ich kann mir nicht vorstellen, jemanden zu heiraten, den ich gerade erst kennengelernt habe. Andererseits gibt es hier keine Frauen, von denen man sich eine aussuchen könnte, daher werde ich hart arbeiten, um mein Geschäft aufzubauen und wenn die Zeit reif ist und eine Frau für mich auftaucht, werde ich bereit sein." Er zog die Schultern hoch. „Das ist viel besser, als jetzt zu heiraten, wenn ich noch nicht dazu bereit bin."

Big John dachte darüber nach. „Du denkst, du könntest einer Frau nichts bieten?"

„Ich weiß, dass es so ist und daher bemühe ich mich gar nicht erst um eine Frau. Ich habe miterlebt, wie katastrophal das ausgehen kann. Ich bin völlig mittellos aufgewachsen. Ich habe nie viel über mein Leben geredet, aber meine Mutter und ich hatten es nicht leicht…" Er hielt inne und sah so aus, als wäre er in Gedanken weit weg. Dann blinzelte er und sagte voller Überzeugung: „Nein, Sir, ich werde mir keine Frau suchen, bis ich nicht soweit bin und ihr alles bieten kann, was sie verdient. Und ich werde nicht zulassen, dass ein Kuppler diese Entscheidung für mich trifft."

Big John erkannte den Schmerz in den Augen des jungen Mannes und dachte, dass er sehr verletzt worden sein musste. Offensichtlich hatte er die Hoffnung trotzdem nicht aufgegeben.

Big John schätzte seine verantwortungsvolle Haltung und fragte sich, was wohl mit seinem Vater geschehen war. Denn *irgendetwas* musste geschehen sein.

Einer Sache war sich Big John nun sicher: Levi würde einen guten Ehemann abgeben.

# KAPITEL ELF

Das Picknick war fantastisch. Sie hatten zusammen gegessen und mit ihren Freunden gesprochen. Megan liebte Sams ruhige und ernste Art und als sie nun neben ihm herging, eine Hand in seiner Armbeuge, da fühlte sie einen starken inneren Frieden. Es war das erste Mal seit langer Zeit… oder vielleicht sogar das erste Mal überhaupt, dass sie so entspannt war.

Sie sah zu ihrem Ehemann auf und bemerkte, wie glücklich sie war. Und stolz darauf, Sam McKays Frau zu sein. Gemeinsam würden sie ein wundervolles

Leben führen.

„Nehmen Sie sich einen Scone, Sam McKay." Ambrosia lächelte breit, als sie sich dem Tisch mit den Torten und Desserts näherten, die alle mitgebracht hatten.

„Sie wissen, dass ich Ihren Kirschscones einfach nicht widerstehen kann", sagte er und Megan sah, wie er freundlich lächelte, als er den angebotenen Scone entgegennahm.

Chauncey kam grinsend herübergeschlendert. „Ich würde auch ein paar nehmen."

Mrs. Mulberry hielt dem Bergmann den Teller hin. „Natürlich. Ich glaube ja, Sie würden sich in einen meiner Scones verwandeln, wenn das möglich wäre."

Er grinste und kaute auf einem der luftigen Gebäckstücke herum. „Es gibt einfach nichts Besseres." Er wandte seine Aufmerksamkeit Megan und Sam zu. „Wie ich sehe, habt ihr zwei alles geklärt. Ihr seht sehr glücklich aus. Und dass, trotzdem du an dem Tag vor ihrer Ankunft noch meintest, dass du sie wieder zurückschicken würdest. Dass du nicht wolltest, dass irgendein Kuppler dein ganzes Leben durcheinanderbringt."

Seine Worte drangen durch Megans Glücksgefühle und trübten diese. Ihr wurde klar, dass dies seine unmittelbare Reaktion gewesen sein musste, als er erfahren hatte, dass sie am folgenden Tag mit der Postkutsche ankommen würde. Sie sah ihn an. „Sosehr warst du dagegen, eine Versandbraut zu heiraten?"

„Chauncey, Sie hätten wirklich den Mund halten sollen", schimpfte Mrs. Mulberry mit dem alten Mann.

„Aber es stimmt. Ich bin extra am nächsten Tag in die Stadt gefahren, um mir das Theater anzuschauen. Ich war überrascht, als er sie stattdessen zum Haus des Pfarrers brachte und sie zur Frau nahm."

Megan versteifte sich bei der Erinnerung daran, dass sie ungebeten in Sams Leben getreten war. „Warst du wirklich so sehr dagegen, dass ich in die Stadt komme?"

„Ich habe mich sehr darüber geärgert, dass jemand anderes mich zu all dem nötigte. Doch dann…"

„Dich nötigte? So siehst du das also." Ihr wurde heiß. Die Schönheit der Nacht zuvor und die Sicherheit, die sie zu fühlen begonnen hatte, wichen der kalten Realität. Sie war in sein Leben gestürzt und war diese Vernunftehe mit ihm eingegangen, obwohl sie tief in ihrem Herzen gewusst hatte, dass er sie eigentlich nicht heiraten wollte. Aber sie hatte es getan, weil sie Angst vor ihrem Stiefvater gehabt hatte. Wie egoistisch sie gewesen war.

„Inzwischen sehe ich es nicht mehr auf diese Weise." Er sah sie eindringlich an und legte seine Hand auf ihre, als sie versuchte, sie aus seiner Armbeuge zu ziehen.

Sie erbebte und fühlte sich erneut völlig verwundbar. Sie erkannte, dass das alles ihre eigene Schuld war. Sie hatte ihn ausgenutzt, weil sie seinen Schutz gebraucht hatte. Sie bemühte sich um eine Antwort, hatte aber mit einem Mal einen riesigen Kloß im Hals und Mühe, die Tränen zurückzuhalten.

„Machen Sie sich keine Sorgen, junge Dame", sagte Chauncey und hielt zwischen zwei Bissen seines nächsten Scones inne. „Ich habe Sam noch nie so glücklich gesehen."

„Ich auch nicht", stimmte Mrs. Mulberry zu. „Hast du das, Essie Jane?", fragte sie, als sich ihre Freundin näherte, die die letzten Worte gehört haben musste.

„Nein, das habe ich nicht. Das Lächeln hat ihm den ganzen Tag über im Gesicht gestanden... nun, außer jetzt gerade. Was ist passiert?"

„Hey, ich kann für mich selbst sprechen." Sam sah aus, als würde sich ein Sturm in ihm zusammenbrauen.

Ihr selbst ging es genauso. Sie zuckte zusammen, als sie an das Leben dachte, das vor ihr lag, die Tatsache, dass er nicht bereit gewesen war, sie zu heiraten und es später, wenn auch nicht sofort, so empfinden würde, als wäre er in eine Falle gelockt worden. *Oh, wie hatte sie das zulassen können?* Wenn sie ihn nicht lieben würde, dann hätte sie dieser Gedanke nicht so am Boden zerstört. Ihr war bewusst, dass sie in dieser Ehe nur glücklich werden würde, wenn sie wüsste, dass er ohne Hintergedanken dieser Heirat zugestimmt hatte. Das war nun nicht mehr möglich.

„Ich... ich denke, wir können das später besprechen. Ich habe Lucy und Gabby versprochen, ihnen beim Spielen mit den Kindern zu helfen. Ich werde besser zu ihnen gehen." Sie zog ihre Hand aus seiner Armbeuge, obwohl seine die ihre noch immer bedeckte. Er ließ sie los, spürte vielleicht, dass sie etwas Abstand brauchte und dass es nicht die beste Idee war, das Thema vor Publikum zu besprechen.

„Ich komme bald und sehe nach dir", sagte er unglücklich.

„Ich hoffe, ich habe dich nicht verärgert", sagte Chauncey.

Sie erwiderte nichts darauf. Was hätte sie auch sagen sollen? Er hatte sie verärgert, das ließ sich nicht leugnen. Sie brauchte etwas Zeit allein, um über all das nachzudenken. Anstatt zu der Stelle neben der Kirche zu gehen, wo die Spiele für die Kinder aufgebaut worden waren, bog sie ab und ging hastig auf die andere Seite der Kirche und daran vorbei und hinter ein Gebäude, wo sie endlich allein war. Sie lehnte sich gegen das Haus und ließ die Schultern hängen. Noch heute Morgen hatte sie so viel Hoffnung empfunden wie niemals zuvor. Diese war jetzt verschwunden und auf jede denkbare Art durch Unsicherheit ersetzt worden.

Sie schloss die Augen und sah Sams hübsches, ernstes Gesicht vor sich. Ihr Herz schmerzte. *Wie sollte sie das alles nur jemals wieder in Ordnung bringen?*

„Hallo Megan", hörte sie eine vertraute Stimme sagen, als sich eine Hand über ihren Mund legte.

Sie riss die Augen auf und blickte in die harten, wütenden Augen ihres Stiefvaters. Sie spürte, wie sie in Panik geriet und wehrte sich gegen ihn, aber seine eine Hand drückte ihren Kopf grob gegen die Wand des Gebäudes und die andere hielt ihren Arm so fest umklammert, als wolle er ihren Arm vom Rest des Körpers trennen.

„Hör auf zu kämpfen und gib keinen Mucks von dir, ansonsten werde ich deinen Mann erschießen."

*Erschießen?* Ihr Blick glitt zu seiner Hüfte, wo sich tatsächlich eine Waffe befand. Sie hatte nicht gewusst, dass er eine Waffe besaß, doch da war sie. Ihr Herz raste, als sie verängstigt nickte, weil sie nicht wusste, was als Nächstes geschehen würde. *Wie hatte er sie gefunden?*

*Was würde er mit ihr machen?*

* * *

Sams Herz pochte unentwegt, als er den nervösen Entschuldigungen der Damen lauschte und zusah, wie sich Megan von ihm entfernte. Er hielt sich zurück, um ihr nicht hinterherzulaufen und sie darum zu bitten, alles zu vergessen, was sie soeben gehört hatte. Jetzt war nicht der richtige Zeitpunkt dafür. Sie würden in Ruhe darüber reden, wenn sie ungestört waren. Er musste ihr sagen, dass es für ihn kein Zurück gab, dass er froh war, dass sie ein Teil seines Lebens war. Er würde dafür sorgen, dass sie sich dessen sicher war, später, wenn sie mit den Kindern gespielt, Zeit mit Lucy und Gabby verbracht und sich etwas beruhigt hatte.

„Es tut mir leid", sagte Chauncey noch einmal. „Du hast solch eine nette Frau und ich hasse es, dass ich schuld daran bin, dass sie sich nun schlecht fühlt."

Er sah den Bergmann an. „Das hast du ja nicht gewollt. Aber nur, damit du es für später weißt: Ich bin froh, dass ich Megan geheiratet habe und sie nun ein Teil meines Lebens ist."

Chauncey grinste. „Nun, das habe ich bereits gewusst. Das habe ich schließlich auch gesagt. Es war eher der Satz, in dem ich erwähnt habe, dass du nicht von Anfang an begeistert warst. Ich hoffe wirklich, dass ich die Gefühle der jungen Dame nicht verletzt habe."

„Hier, nehmen Sie noch einen Scone", sagte Mrs. Mulberry zu dem alten Bergmann. „Ich bin mir sicher, dass Sam später alles wird klären können. Ich weiß, dass Megan Gefühle für ihn hat, das konnte ich deutlich in ihren Augen sehen." Sie lächelte Sam an, während sie Chauncey einen weiteren Kirschscone reichte.

Sam hoffte, dass sie recht behielt. Er verließ die beiden und ging in die entgegengesetzte Richtung, als die, in die Megan gegangen war. Ihm war klar, dass er, sollte er auch nur in die Nähe des Spielbereiches gehen, unweigerlich dorthin laufen und das Spiel unterbrechen würde. Das würde ihr keine Gelegenheit geben, sich zu beruhigen.

Stattdessen ging er zu einer Gruppe von Männern hinüber, bei der auch Trey stand, doch seine Gedanken kreisten immer noch um seine Frau.

„Ich dachte, Megan würde Lucy und Gabby helfen", sagte Trey, als Sam die Gruppe erreichte.

„Das tut sie auch. Sie ist vor ein paar Minuten zu ihnen hinübergegangen."

„Ich komme gerade von dort und sie war nicht bei ihnen. Ich dachte, sie wäre vielleicht noch bei dir."

Verwirrt sah er sich um und suchte den ganzen Platz nach ihr ab, sah sie aber nicht. Sorge erfüllte ihn. „Ich sehe sie nicht. Ich werde besser nach ihr suchen. Vielleicht ist sie zurück ins Hotel gegangen." Das war natürlich möglich, sähe ihr aber so gar nicht ähnlich, schließlich hatte sie Lucy und Gabby versprochen, ihnen zu helfen.

„Ich komme mit dir", sagte Trey und schloss sich ihm an.

Zunächst liefen sie um die Kirche herum um sicherzustellen, dass Megan nicht zu der Gruppe Kinder gestoßen war, nachdem Trey gegangen war, aber ein einziger Blick enthüllte, dass sie nicht dort war.

„Das sieht ihr gar nicht ähnlich." Sam ging zur

Vorderseite der Kirche und betrat dann den Bürgersteig, der zum Hotel führte. Sie gingen gerade am Mietstall vorbei, als Gil sich den Kopf haltend aus dem Gebäude getorkelt kam. „Gil, was ist passiert?" Sam fing seinen Bruder auf, als dessen Knie nachgaben.

„Megan… er hat sie mitgenommen." Gil schaffte es geradeso, auf den Beinen zu bleiben. „Du musst ihn aufhalten. Er hat sie auf einem Pferd mitgenommen."

„Wer?", fragte Trey, bevor Sam die gleiche Frage stellen konnte.

„Ein Mann in einem schicken Anzug."

„Ihr Stiefvater." Sams Blut kochte und seine Angst um Megan stieg.

„Jemand soll den Arzt rufen", rief Trey.

Sam machte sich Sorgen um seinen Bruder, aber er machte sich auch Sorgen um Megan. *Was würde ihr Stiefvater tun? Würde er ihr wehtun?* Er musste sie finden und zwar schnell. Er schob seinen Bruder zu Trey. „Ich muss sie suchen. Pass auf meinen Bruder auf."

„Ich komme mit dir", sagte Trey.

Gil riss sich von ihnen los und lehnte sich gegen die Wand. „Es geht mir gut. Der Doc wird gleich hier sein. Kümmere dich um meine Schwägerin. Bring sie nach Hause, Sam."

Sam blickte die Straße hinunter und erblickte mehrere Leute, die auf sie zueilten. Unter ihnen befanden sich auch Levi und Deputy Donavan, Mrs. Mulberry und der Arzt. Er wusste, dass sein Bruder in guten Händen sein würde. „Das werde ich." Er packte die Schulter seines Bruders, drückte sie fest und rannte dann in den Stall.

Er ging auf direktem Weg zu Gils Pferd, froh darüber, dass sein Bruder beschlossen hatte, auf dem Pferd in die Stadt zu reiten. Levi und Donavan kamen ebenfalls in den Stall gerannt, als Trey und er gerade dabei waren, ihre Pferde zu satteln. Auch sie sattelten ein paar Pferde, nachdem Trey ihnen erzählt hatte, was passiert war. Sekunden später ritt Sam in Begleitung des Sheriffs, Levis und Deputy Donavans in die Richtung, in die Gil gezeigt hatte davon. Als sie den frischen Hufabdrücken aus der Stadt heraus folgten, fiel Sam auf, dass er nicht einmal wusste, wie Megans Stiefvater hieß. Er hatte sie nie danach gefragt.

# EINE VERSANDBRAUT FÜR DEN VIEHZÜCHTER

*Was war nur los mit ihm? War sie ihm nicht wichtig genug gewesen, als das er sie nach den Dingen gefragt hatte, die wirklich wichtig waren?* Sie hatte ihm erzählt, dass ihr Stiefvater eigene Pläne bezüglich ihrer Zukunft gehabt hatte, aber er hatte nicht wirklich geglaubt, dass er hinter ihr herkommen würde. Dass er es nun doch getan hatte, ließ Sam glauben, der Mann sei entweder völlig verrückt oder so arrogant, dass er dachte, alles müsse so geschehen, wie er das wollte. So oder so war er gefährlich. Sam war von seinem eigenen Verhalten angewidert.

Er würde seine Frau zurückbekommen; er betete darum, dass es ihr gutgehen würde. Dann würde er ihr sagen, dass sie ihm wichtig war und er sie liebte und dass er sich glücklich schätzen konnte, dass der Kuppler sie zu ihm geschickt hatte. Er hatte vor, ihr das so zu beweisen, dass sie nie wieder daran zweifeln würde.

* * *

Megan tat alles weh, als sie so über den Sattel geworfen dalag. Ihre Rippen wurden bei jeder

Bewegung des Pferdes gegen das Sattelhorn gedrückt. Sie konnte kaum atmen und ihre Rippen schmerzten. „Lass mich hoch", keuchte sie erneut und kämpfte darum, die Verärgerung, die sie verspürte, in ihre Stimme zu legen. Das Blut stieg ihr zu Kopf, als sie die Straße hinter ihnen im Auge behielt und hoffte, dass sie Sam erblicken würde, der zu ihrer Rettung herbeieilen würde. Sie machte sich Sorgen um Gil; er war im Stall gewesen und hatte ein wunderschönes Pferd beobachtet, als ihr Stiefvater sie hineingedrängt hatte, während seine Hand noch immer fest über ihrem Mund gelegen hatte. Offensichtlich hatte er gewusst, wer Gil war, denn er hatte ihr zugeraunt, dass er seine Pistole benutzen würde, wenn sie schrie oder Ärger machte. Trotzdem sie schreckliche Angst gehabt hatte, hatte sie keinen Laut von sich gegeben, als er sie gezwungen hatte, den Mietstall zu betreten. Sie hatte mitangesehen, wie Gil sich umdrehte und noch einen kurzen Blick auf sie erhaschen konnte, bevor ihr Stiefvater ihm den Griff seiner Pistole gegen die Schläfe geschlagen hatte. Sie hatte gekeucht und war neben Gil auf die Knie gefallen, der das Bewusstsein verloren hatte.

Ihr Stiefvater hatte sie am Arm gepackt. „Steh auf. Und wenn du schreist, dann werde ich deinen Mann erschießen, wenn er kommt, um dich zu retten. Ja, ich weiß, dass du geheiratet hast und dass dieser Junge sein Bruder ist. Ich habe keine Skrupel, meine Pistole auch zu benutzen."

Da sie nicht gewollt hatte, dass noch jemand verletzt wurde, hatte sie den Mund gehalten, als er auf sein Pferd gestiegen war und sie dann hochgezogen und in dieser entwürdigenden Position über das Pferd gelegt hatte. Sie war sich nicht einmal sicher, ob sie sich würde bewegen können, wenn sie endlich wieder festen Boden unter den Füßen hatte.

„Ich werde deinen Partner nicht heiraten", fauchte sie. „Ich bin bereits verheiratet."

„Diese Ehe werde ich annullieren lassen. Oder ich werde dafür sorgen, dass du zur Witwe wirst, wenn er dich suchen kommt. Du musst meinen Partner heiraten, ansonsten verliere ich womöglich alles."

„Was?" Sie konnte es nicht glauben. „Wieso sollte meine Heirat mit diesem schrecklichen Mann dazu beitragen, dein Geschäft zu retten?"

„Er mag dich."

„Nun, ich mag ihn nicht." Alles begann sich zu drehen, als immer mehr Blut in ihren Kopf strömte. Mit einem Mal entdeckte sie in der Ferne Reiter. Sie trieben ihre Pferde zur Eile an. Sie blinzelte und versuchte, sich zu konzentrieren. Es waren drei Reiter… nein, vier. Sie starrte auf eines der Pferde in der Mitte und spürte, dass sich alles in ihr zusammenzog… der Mann sah aus wie Sam. Ihre Gedanken wirbelten und sie dachte darüber nach, wie sie es anstellen konnte, an die Pistole ihres Stiefvaters zu gelangen. Doch ihre Hände waren gefesselt, daher war dies ein hoffnungsloses Unterfangen.

* * *

Sam konnte das Pferd und den Reiter darauf bereits vor sich sehen. Er wollte den Mann vom Pferd reißen und ihn hinter seinem Pferd her schleifen, dafür, dass er Megan wie einen Sack Kartoffeln über das Sattelhorn geworfen hatte. Sie musste schreckliche Schmerzen leiden.

Trey bedeutete ihnen, ihm zu folgen, als er sein Pferd in Richtung eines Verbindungsweges lenkte. „Folgt mir. Wir werden über den Verbindungsweg reiten und ihm an der Brücke den Weg abschneiden."

Sam erkannte, dass dies eine gute Idee war, denn wenn der Mann sich umdrehen und sie entdecken würde, bestand die Gefahr, dass es zu einem Schusswechsel kommen und Megan verletzt werden würde.

„Ich werde sie weiterverfolgen, während ihr ihnen den Weg abschneidet", sagte Levi, der ihnen unter die Bäume gefolgt war, nun aber seinen Hengst zum Stehen brachte. „Nur für den Fall, dass er anhält oder sich zurückzuziehen versucht."

„Gute Idee", sagte Sam.

„Ja. Tu das!", rief Trey und ritt zügig weiter.

„Bleib im Schutz der Bäume", sagte Donavan, als er und Sam anritten, um zu Trey aufzuschließen.

Sam betete um Megans Sicherheit und war froh darüber, dass Levi die Situation im Augen behalten würde.

Sie trieben die Pferde zu Eile an und als sie die Stelle erreichten, an der der Verbindungsweg wieder in die Straße mündete, bedeutete ihnen Trey, anzuhalten. „Sie werden bald hier sein." Er schickte Donavan auf die andere Seite der Straße, wo er unter den Bäumen Schutz suchte.

Sam entdeckte eine Stelle, die sich dichter an der Kurve befand, die die Straße auf diesem Wegstück beschrieb und lenkte sein Pferd dorthin. Dort angekommen, erkannte er, dass es womöglich besser wäre, wenn er auf die Felsen neben der Straße kletterte. So böte sich ihm vielleicht eine bessere Möglichkeit, Megans Entführer abzulenken. Er band sein Pferd an einen Baum und kletterte auf den Felsen, während Trey weiter vorn Stellung bezog. Nur Augenblicke später hörte er, dass sich ein Pferd näherte und vernahm Megans Stimme, die durch die Bäume drang.

„Es wird dir noch leidtun, dass du das getan hast. Ich werde deinen Geschäftspartner niemals heiraten. Ich werde ganz bestimmt nicht mit dir in einen Zug steigen. Sobald du mich von diesem Pferd herablässt, laufe ich fort und Sam ist viel zu schlau, um dir die Gelegenheit zu bieten, ihn zu erschießen."

„Schweig. Was ist nur in dich gefahren? In St. Louis warst du immer ruhig und hast gewusst, was sich gehört. Halt den Mund!"

„Das werde ich nicht tun. Und es wird dir noch leidtun, dass du mir nachgereist bist. Du hättest mich gehen lassen und dein Leben weiterleben sollen."

Sie kamen in Sams Blickfeld. Er sah Megan halb über dem Sattel liegen und erblickte die Pistole in der Hand ihres Entführers. Eine Hand lag auf ihrem Rücken und er schien bereit zu sein, auf jeden zu schießen, der sich ihm näherte. Sam beschloss, dass es am sichersten für Megan wäre, wenn er herabspringen und ihren Entführer vom Pferd reißen würde, weg von ihr. Trey oder Donavan würden dem erschrockenen Pferd nachjagen und Megan retten. Dies war der beste Weg, um die beiden räumlich voneinander zu trennen und sie in Sicherheit zu bringen, falls der Mann beginnen sollte, zu schießen. Kurz darauf befanden sie sich unter ihm. Er sprang.

Das Pferd spürte ihn und ihr Stiefvater riss seine

Pistole hoch und gab einen Schuss ab, kurz bevor Sam gegen ihn stieß und sie beide zu Boden fielen.

\* \* \*

Das Pferd bäumte sich auf und Megan hörte den Schuss aus der Pistole ihres Stiefvaters und spürte, wie dieser vom Pferd gerissen wurde. Noch während das Pferd mit ihr durchging, sah sie, wie Sam auf ihrem Entführer zu liegen kam, nachdem sie beide hart auf den Boden aufgeschlagen waren. Das Pferd rannte von dannen und sie war sich sicher, dass sie Blut auf Sams Hemd gesehen hatte. Sie schrie, konnte aber nichts tun, als das Pferd vorwärts preschte.

Plötzlich tauchte ein weiteres Pferd neben ihrem auf und jemand ergriff die Zügel. Sie weinte, denn ihr war klar, dass das Blut bedeutete, dass Sam von einer Kugel getroffen worden war.

„Sam", rief sie, als Donavan ihr Pferd zum Stehen brachte, zu Boden sprang und sie sanft vom Pferderücken hob.

„Nun, nun, Megan", sagte er beruhigend, als er sie

auf dem Boden absetzte.

Ihre Beine waren ganz taub, ihre Knie gaben unter ihr nach und sie fiel zu Boden.

Donavan kniete sich neben sie. „Sheriff Trey ist bei ihm. Ich werde Sie losbinden und dann werden wir nach ihm sehen. Er ist hart im Nehmen."

Sie konnte nur an Sam denken. Er blutete – starb vielleicht auf der Straße hinter ihnen. „Beeilen Sie sich", drängte sie und ihr Blick glitt die Straße entlang zu der Stelle, wo sie Trey und einen anderen Mann sehen konnte. Sie meinte, Levi aus dem Stall zu erkennen. Sie knieten bei Sam. Donavan schnitt das Seil durch und half ihr auf die Beine und sie stolperte zu der Stelle, an der Sam lag.

„Sam", rief sie und fiel neben ihm auf die Knie. „Hat er eine Kugel abbekommen?" Ihre Hände wanderten suchend über seinen Körper.

„Er ist bewusstlos", sagte Levi. „Aber er wurde nicht getroffen."

*Dem Herrn sei Dank.* Sie umfasste sein Gesicht und küsste ihn. Und plötzlich schlang er seine Arme um sie und erwiderte ihren Kuss. Sie begann zu weinen und erkannte, dass sie ihren Mann nie wieder würde gehen lassen, außer er schickte sie weg.

„Du lebst", sie wich zurück und sah in seine ernsten Augen.

„Falls nicht, dann muss ich im Himmel sein, denn dich zu küssen ist einfach himmlisch."

„Oh, Sam." Sie küsste ihn erneut, erinnerte sich dann aber an Gil. „Wie geht es Gil? Ich habe mir solche Sorgen um ihn gemacht."

„Der Doc kam gerade an, als wir losgeritten sind." Trey stand auf. „Ich befürchte, dieser Kerl hier hat nicht so viel Glück gehabt. Es sieht so aus, als hätte er sich den Schädel eingeschlagen, als er gestürzt ist."

Sam setzte sich auf und sah den Mann an, der jahrelang ihr Stiefvater gewesen war, doch alles, was sie verspürte, war Erleichterung. Sam zog sie an sich und hielt sie davon ab, zu der Leiche ihres Stiefvaters zu blicken. „Jetzt bist du in Sicherheit und das ist alles, was zählt." Er strich ihr übers Haar und als seine Lippen ihr Ohr berührten, da spürte sie, wie Wärme durch ihren unterkühlten Körper strömte. „Ich habe gedacht, ich hätte dich verloren und der Gedanke hat mich entsetzt", sagte er. „Ich liebe dich, Megan."

„Und ich liebe dich."

Er zog sich zurück und sah sie an. „Bitte vergiss, was ich gesagt habe, als ich erfahren habe, dass eine Versandbraut in die Stadt kommt, die denkt, ich wäre ihr Bräutigam. Ich werde für immer dankbar darüber sein, dass du in mein Leben gekommen bist. Verstehst du?"

Sie atmete zitternd ein und nickte. „Das freut mich, denn ich möchte dich nie wieder verlassen."

„Das trifft sich gut, denn ich möchte dich auch nie wieder gehen lassen." Er nahm ihr Gesicht in seine Hände und sein Lächeln erfüllte sie mit Sonnenschein. „Lass uns nach Hause zurückkehren und unser gemeinsames Leben beginnen."

Das war genau das, wonach ihr der Sinn stand.


Ich hoffe, Ihnen hat EINE VERSANDBRAUT FÜR DEN VIEHZÜCHTER gefallen. Wenn ja, dann hinterlassen Sie gern eine Rezension bei Amazon.

# Die Bücher der Reihe:
## Versandbräute für Sweet, Texas

# Über die Autorin

Elizabeth Chasen liebt es, „hoffnungsvolle" romantische Geschichten zu schreiben, die inspirieren und unterhalten. Ihre Bücher sind unverdorbene christliche Romanzen. Voller Freude erweckt sie amüsante Charaktere zum Leben und sorgt bei jedem ihrer Paare für ein Happy End!

Fasziniert von der historischen Romantik der Versandbräute, schreibt sie eigene Geschichten, um diese ihren Lesern näher zu bringen. Die Versandbräute von Sweet, Texas, ist nur die erste von vielen Serien, die noch erscheinen werden. Genießen Sie sie und tragen Sie sich gern in den Verteiler ein, damit Sie es sofort erfahren, wenn der nächste aufregende historische Westernroman veröffentlicht wird. Gehen Sie dafür einfach auf: www.elizabethchasen.blogspot.com.

Viel Spaß beim Lesen!